KB271294

슈토름 대표 단편선
임멘 호수 湖水 외
惠園出版社

그들은 말없이 한참 동안 서 있었다.
이윽고 그녀가 눈물이 가득 고인 눈을 들어
그를 바라보았다.
"엘리자베스, 저 푸른 산 뒤편에
우리의 청춘이 있었어.
그런데 어디로 사라진 걸까?"
그들은 더 이상 말을 하지 않았다.

차례

임멘 호수

Immensee

Immensee

노인

어느 늦가을 오후 단정하게 차려입은 한 노인이 천천히 언덕길을 내려가고 있었다. 구식 버클이 달린 구두에 먼지가 뽀얗게 내려앉은 걸로 보아 산책을 마치고 집으로 돌아가는 길인 듯했다. 금장식이 달린 긴 등나무 지팡이가 그의 팔에 걸려 있었다. 흘러가 버린 청춘을 모두 담고 있는 듯한 검은 눈동자는 눈이 내린 듯 새하얀 머리와 기묘한 대조를 이루고 있었다. 노인은 그 깊은 눈으로 조용히 주위를 둘러보거나 시내를 내려다보았다.

그는 아마도 이방인 같았다. 스쳐 지나가는 많은 사람들이 이 노인의 깊은 눈동자에 시나브로 빨려들면서도 그에게 인사하는 사람은 몇 안 되었기 때문이다. 마침내 그가 뾰족 지붕의 높다란 집 앞에 멈춰 섰다. 말없이 시내를 다시 한 번 더 돌아다보고는 현관으로 들어섰다. 그가 종을 울리자 집 안에서 현관 쪽으로 나 있는 창의 녹색 커튼이 젖혀지고 나이든 여인이 그 너머에서 얼굴을 내밀었다. 노인이 지팡이를 흔들어 보이며 말했다.

"아직 불을 밝히지 말아요!"

남부 지방 억양이 조금 섞인 말투였다. 가정부인 듯한 여인이 커튼을 다시 닫았다. 노인은 이윽고 널따란 현관을 건너

참나무로 만든 옷장과 도자기 꽃병들이 놓여 있는 객실을 지나갔다. 그런 다음 건너편에 난 문을 지나 좁은 마루로 들어갔다. 그 마루의 좁은 계단은 집 뒤채 위층에 있는 방으로 연결되어 있었다.

천천히 계단을 올라간 노인은 문을 열고 꽤 널찍한 방으로 들어섰다. 외진 방에는 정적이 흘렀다. 한쪽 벽은 서류를 넣어둔 장식장과 책장으로 꽉 차 있었다. 다른 벽에는 인물화와 정물화가 걸려 있었다. 창가 책상에는 책이 펼쳐져 있었고, 육중한 안락의자에는 붉은 벨벳 방석이 놓여 있었다.

노인은 모자와 지팡이를 구석에 내려놓은 뒤 그 의자에 앉아 두 손을 깍지 끼고 쉬려는 것 같았다. 그렇게 앉아 있는 동안 방 안엔 점점 어둠이 내려앉고 있었다. 유리창을 통해 한 줄기 달빛이 벽에 걸린 그림을 비추고 있었다. 빛줄기가 서서히 이동하는 대로 노인의 눈도 무심하게 뒤따랐다. 이윽고 노인이 소박한 검은 테의 작은 초상화 앞에 섰다.

"엘리자베스!"

낮은 목소리로 노인이 중얼거렸다. 그가 그 이름을 입 밖에 내는 순간 시간은 재빨리 과거로 흘렀다—노인은 자신의 유년 시절로 돌아가 있었다.

아이들

곧 귀여운 소녀가 그에게로 다가왔다. 소녀의 이름은 엘리자베스였고, 다섯 살 남짓 되어 보였다. 그 자신은 소녀보다 갑절은 많아 보였다. 소녀는 붉은 비단으로 된 스카프를 목에 두르고 있었는데, 갈색 눈과 잘 어울려 매우 깜찍해 보였다.

"라인하르트! 자유야, 자유! 내일까지 학교에 안 가도 돼."

라인하르트는 이미 팔 아래 끼고 있던 석판을 잽싸게 집 문 뒤에 세워 두었다. 그런 다음 두 아이는 집을 가로질러 정원으로, 정원의 작은 문을 지나 풀밭으로 달려갔다. 뜻밖의 휴일은 그들에게 신나는 일이었다. 그곳에 라인하르트는 엘리자베스의 도움을 받아 뗏장으로 집을 지었다. 그 안에서 그들은 여름 저녁을 지낼 요량이었다. 하지만 아직 벤치가 완성되지 않았다. 그는 곧 일을 시작했다. 못과 망치, 또 필요한 널빤지는 이미 마련되어 있었다.

엘리자베스는 토담을 따라가며 둥근 모양의 야생 당아욱 씨를 앞치마에 모았다. 그것으로 목걸이와 리본을 만들 계획이었다. 마침내 라인하르트가 못을 수도 없이 비뚤게 박으면서도 벤치를 완성했을 때는 해가 풀밭 끝까지 물러가 있었다.

"엘리자베스! 엘리자베스!"

그가 소리치자 소녀가 곱슬머리를 날리며 뛰어왔다.

"이리 와. 자, 우리 집이 완성되었어. 그런데 너 아주 더운가 보구나. 어서 안으로 들어와 벤치에 앉아. 내가 재미있는 얘기해 줄게."

그런 다음 둘은 안으로 들어가 새 벤치에 앉았다. 엘리자베스가 앞치마에서 고리를 꺼내 기다란 끈을 만들었다. 라인하르트가 이야기를 시작했다.

"옛날에 거미 여인 세 명이 살았대……."

"아, 그 얘긴 벌써 외우고도 남아. 치, 맨날 똑같은 얘기만 하고……."

엘리자베스가 말했다.

그래서 라인하르트는 세 명의 거미 여인 이야기는 중단했다. 그 대신 사자 굴 속에 내던져진 불쌍한 남자의 이야기를 들려주었다.

"……그런데 밤이 되었어. 칠흑 같은 한밤중 말이야. 사자들은 자고 있었지. 하지만 사자들은 자면서 가끔 하품도 하고, 빨간 혀를 밖으로 늘어뜨리기도 해. 그러면 그 남자는 무서워서 벌벌 떨며 아침이 밝아오는구나 생각하는 거지. 그때 갑자기 그 남자 주위로 밝은 빛이 비치는 거야. 그래서 남자가 둘러보니까 천사가 그 남자 앞에 서 있었어. 천사는 남자에게 손짓을 하고는 곧장 암벽 속으로 들어가 버렸어."

엘리자베스는 주의 깊게 듣고 있었다.

"천사라고? 그럼 날개도 달렸겠네?"

"그건 그냥 이야기일 뿐이야. 천사 같은 건 없어."

라인하르트가 대답했다.

"치, 라인하르트!"

그녀가 그의 얼굴을 꼼짝 않고 쳐다보았다.

그가 불안한 눈빛으로 그녀를 쳐다보자, 그녀는 의심스러운 듯 그에게 물었다.

"그럼 왜 항상 그렇게들 말하는 거야? 엄마나 아줌마, 또 학교에서도?"

"그건 나도 몰라."

그가 대답했다.

"그럼 오빠, 사자 같은 것도 정말 없는 거야?"

"사자? 사자도 없냐고? 있어, 인도에 있어. 인도에선 우상을 섬기는 사제들이 사자가 끄는 수레를 타고 사막을 달려. 나도 크면 언젠가 직접 그곳에 갈 거야. 그곳은 우리가 사는 이곳보다 수천 배는 더 멋있어. 겨울이 없어서 춥지도 않아. 너도 나랑 같이 갈 거지, 그럴 거지?"

"응, 그럼 엄마도 같이 가야 해. 그리고 오빠네 엄마도."

"안 돼! 그때가 되면 엄마들은 나이가 너무 많아 같이 갈 수가 없어."

"하지만 나만 혼자 가는 건 싫어."

"내가 있잖아. 그때가 되면 넌 내 아내가 되어 있을 테고, 그럼 아무도 너한테 억지로 강요할 수는 없을 거야."

"하지만 엄마가 우실 거야."

"다시 돌아올 거라니까!"

라인하르트가 격하게 말한 뒤 덧붙였다.

"지금 똑바로 말해. 나랑 같이 여행갈 거야? 안 그러면 나 혼자 간다. 그럼 난 절대로 돌아오지 않을 거야."

소녀는 거의 울음을 터뜨릴 지경이었다.

"그렇게 무서운 눈으로 보지 마. 인도에 같이 가면 되잖아."

라인하르트는 기쁨에 들떠 두 손으로 그녀를 잡아 풀밭으로 이끌었다.

"인도로 간다, 인도로!"

노래를 부르며 목에 두른 소녀의 스카프가 날아가 버릴 정도로 원을 그리며 함께 돌았다. 그런데 갑자기 그가 소녀를 놓아 주며 진지하게 말했다.

"하지만 그렇게는 안 될 거야. 네겐 용기가 없잖아."

그때 정원 문 쪽에서 그들을 부르는 소리가 들렸다.

"엘리자베스! 라인하르트!"

"여기 있어요, 여기!"

아이들은 대답하며 손을 잡고 집으로 뛰어 들어갔다.

숲 속에서

아이들은 어려서부터 함께 지냈다. 그에게 있어 소녀는 종종 너무나 조용했고, 소년은 그녀에게 종종 너무 거칠게 행동했다. 하지만 그렇다고 해서 그들은 서로에게서 떨어지지 않았다. 거의 모든 여가 시간을 함께 지냈다. 겨울이면 비좁은 집 안에서, 여름이면 수풀과 들판에서.

한 번은 학교에서 엘리자베스가 선생님에게 야단을 맞은 일이 있었다. 라인하르트는 선생님의 노여움을 자신에게로 돌리기 위해 석판으로 책상을 내리쳤다. 하지만 그의 의도는 빗나가 선생님의 시선을 끄는데 성공하지는 못했다. 대신 그는 지리 수업에 대한 흥미를 완전히 잃어버리고 말았다. 그날 그는 긴 시(詩)를 지었다. 시에서 자신은 어린 독수리, 선생님은 회색 까마귀, 엘리자베스는 흰 비둘기에 비유했다. 독수리는 날개가 다 자라게 되면 회색 까마귀에게 복수를 하기로 맹세하는 내용이었다. 어린 시인의 눈에 눈물이 가득 맺혔다. 스스로도 매우 숭고하게 여겨졌다. 집에 돌아오자, 백지를 꿰매고 양피지로 겉장을 싼 책을 만들었다. 첫 장에 조심스러운 필체로 자신의 처녀시(處女詩)를 적어 내려갔다.

그는 곧 상급 학교에 진학하였다. 그리고 또래 소년들과 새로운 친교를 쌓았다. 그러나 그로 인해 엘리자베스와의 왕래가 소원해지지는 않았다. 엘리자베스에게 반복해서 들려주었던 동화 중 그녀가 제일 마음에 들어 했던 것을 적기 시작했다. 그럴 때면 종종 자신의 생각 중 무언가를 그 안에 첨가해 넣고 싶은 충동이 일었다. 그러나—무엇 때문인지 몰랐지만—늘 뜻대로 되지는 않았다. 그래서 자신이 들은 대로 정확하게 이야기를 기록했다. 그런 다음 엘리자베스에게 주었고, 그녀는 그것을 자신의 상자 서랍 속에 조심스럽게 보관해 두었다. 그리고 엘리자베스가 가끔씩 그녀의 어머니에게 책을 펼쳐 읽어 주는 것을 들을 때면 그는 가슴이 벅차올랐다.

7년의 세월이 흘렀다. 공부를 계속 하기 위해 라인하르트는 곧 도시로 떠나게 되었다. 엘리자베스는 이제 한동안 그가 곁에 없는 시간을 보내야 한다는 것을 상상할 수가 없었다. 어느 날 그는 그녀에게 예전처럼 계속 이야기를 적을 것이라고 약속했고, 그녀는 무척이나 기뻐했다. 그는 자기 어머니에게 보내는 편지 속에 동봉해 보낼 것이며, 이야기가 어떠한지 답장을 해야 한다고 했다.

떠날 날이 다가왔다. 하지만 떠나기 전에 이미 많은 시구(詩句)가 책장을 채웠다. 차츰차츰 하얀 종이를 채워나간 이야기도, 시의 동기도 그녀였으나 그 비밀만은 말하지 않았다.

6월이 되고, 라인하르트는 곧 떠날 예정이었다. 그래서 주변 사람들 모두 함께 성대한 잔치를 벌이기로 했다. 그래서 가까운 숲으로 소풍을 가기로 했다. 몇 시간이 걸리는 숲 가장자리까지의 길은 마차로 갔다. 그런 다음 음식이 든 바구니를 들고 걸어서 숲으로 나아갔다. 처음에는 소나무 숲을 통과했다. 서늘하고 어둑어둑했으며 바닥엔 온통 솔잎이 바늘처럼 흩뿌려져 있었다. 반 시간쯤 걸은 뒤 어두운 소나무 숲에서 빠져나와 상쾌한 너도밤나무 숲에 다다랐다. 그곳은 환하고 푸르렀으며 이따금 무성한 가지 사이로 눈부신 햇빛도 새어들었다. 다람쥐가 사람들 머리 위 나뭇가지를 옮겨 다니며 그들을 따라왔다.

그들은 오래된 너도밤나무 줄기가 서로 뒤엉켜 아치를 이룬 곳에 자리를 잡았다. 엘리자베스의 어머니가 바구니 중 하나를 열자, 노인 한 분이 식사 준비를 하겠노라고 나섰다.

"자, 젊은이들은 모두 이리로 오게나!"

그 노인이 소리쳤다.

"지금 내가 말하는 것을 잘 기억해 두도록. 식사로 각자 마른 빵 두 개씩을 받을 것이다. 버터는 집에 있다. 그러니 빵에 발라먹을 것을 너희들이 직접 찾아야만 돼. 숲에는 딸기가 가득하다. 무슨 말인고 하니, 어디에 딸기가 있는지 알고 있는 사람들한테는 충분하다 이 말씀이다. 재주가 없는 사람은 마른 빵을 먹을 수밖에…… 인생이란 어디서나 다 그런 법이다. 내 말 잘 알아들었겠지?"

“물론입니다.”

젊은이들이 외쳤다.

“그래, 다행이군. 그런데 아직 내 말이 다 끝나진 않았어. 우리 늙은이들이야 살아오면서 이미 충분히 돌아다닐 만큼 돌아다녔지. 그러니 이제 집에 머무르는 것이야. 이 말은, 우린 이 큰 나무 둥치 아래서 감자를 깎고 불을 지피며 음식을 준비할 것이다. 열두 시가 되면 계란도 삶아 놓을 거야. 그러니 너희들은 딸기 절반을 우리가 먹을 후식으로 내놓아야 마땅하지. 자, 이제 사방으로 흩어져서 딸기를 찾도록 해!”

젊은이들은 제각각 장난기 어린 표정을 지었다.

“잠깐!”

노인이 또다시 외쳤다.

“이건 꼭 말할 필요는 없는 말이지만, 아무것도 못 찾은 사람은 아무것도 내지 않아도 된다. 하지만 너희들이 꼭 새겨둘 것은, 우리 늙은이들한테서 아무것도 기대해선 안 된단 말이다. 자, 여러분은 오늘 많은 교훈을 얻을 것이다. 게다가 딸기까지 얻는다면, 인생에 있어서도 성공한 사람이 될 것이다.”

젊은이들은 노인의 말을 수긍하며 짝을 이루어 흩어졌다.

“가자, 엘리자베스! 딸기밭 한 군데를 알고 있어. 마른 빵을 먹는 일은 없을 거야.”

라인하르트가 말했다.

엘리자베스는 밀짚모자의 끈을 서로 묶어 바구니를 만든 다음 팔에 꼈다.

"자, 어서 가. 준비됐어."

엘리자베스가 말했다.

그런 다음 그들은 숲으로 들어갔다. 숲은 깊숙이 들어갈수록 더 축축하고 어두웠다. 사방이 정적뿐인 나무 그늘을 뚫고 나아갈 때 보이지는 않았지만 그들 머리 위 공중에서 매의 울음소리가 들려왔다. 그리고 샛길을 만들기 위해 라인하르트가 앞에서 나아가야만 할 정도로 빽빽하게 우거진 관목 숲을 지나게 되었다. 가지를 부러뜨리고, 넝쿨을 옆으로 구부려가며 지나고 있을 때 뒤에서 엘리자베스가 부르는 소리가 들려왔다.

"라인하르트, 좀 기다려 줘. 라인하르트!"

그가 몸을 돌렸다. 그러나 그녀는 보이지 않았다. 마침내 조금 떨어진 곳에서 그녀가 덤불과 씨름하고 있는 것이 보였다. 그녀의 단정한 머리가 양치덤불이 채 미치지 못하는 높이에서 떠다니고 있었다. 그는 다시 돌아가 관목과 키 낮은 풀의 혼잡 속에서 푸른 나비가 외로운 숲 속의 꽃들 사이를 펄럭이며 날고 있는 빈 곳으로 그녀를 끌어냈다. 라인하르트는 상기된 그녀의 얼굴에서 땀에 젖은 머리카락을 쓸어 주었다. 그런 다음 그녀에게 밀짚모자를 씌워 주려 했지만 그녀가 괜

찮다고 했다. 하지만 그가 우겨서 억지로 그녀에게 모자를 씌웠다.

"그런데 라인하르트, 딸기는 다 어디 있는 거야?"

마침내 그녀가 멈추어 서서 숨을 몰아쉬며 물었다.

"분명 여기 있었어. 하지만 우리보다 두꺼비가 빨랐거나 담비나 정령들이 먼저 다녀갔는지도 모르지."

그가 말했다.

"그러네. 줄기들이 아직도 있어. 하지만 정령 얘기는 여기서 하지 마. 자, 어서 가! 난 피곤하지 않아. 계속 찾아봐야지."

엘리자베스가 말했다.

그들 앞에 작은 시내가 흐르고 있었고, 그 너머는 다시 숲이었다. 라인하르트가 엘리자베스를 팔로 안아 올려 시내 건너편으로 옮겨 주었다. 얼마 후 그들은 나뭇잎 그늘을 지나 숲 속 어느 넓은 공터로 나왔다.

"틀림없이 여기에 딸기가 있을 거야. 달콤한 냄새가 솔솔 나거든."

소녀가 말했다.

그들은 햇빛이 드는 장소를 뒤적이며 나아갔다. 그러나 딸기는 하나도 찾지 못했다.

"아냐, 이건 에리카꽃 향기일 뿐이야."

라인하르트가 말했다

딸기나무와 가시나무가 뒤엉켜 있었다. 땅을 뒤덮은 키 작은 풀 사이로 무성하게 자란 에리카의 강한 향기가 숲 속에 진동했다.

"이곳은 너무 적막해. 다른 사람들은 어디 있을까?"

엘리자베스가 말했다

라인하르트는 돌아가는 길에 대해서는 생각해 두지 않았다.

"잠깐 기다려 봐. 바람이 어느 쪽에서 불어오지?"

그가 말하며 손을 높이 들어올렸다. 그러나 바람은 불지 않았다.

"가만! 사람들 목소리를 들은 것 같아. 아래쪽으로 한 번 소리 질러 봐."

엘리자베스가 말했다.

라인하르트는 손을 동그랗게 말아 쥐고는 소리쳤다.

"여기야!"

"여기……!"

아득한 대답이 돌아왔다.

"사람들이 대답했어!"

엘리자베스가 말하고는 손뼉을 쳤다.

"아냐, 그렇지 않아. 그건 메아리야."

엘리자베스가 라인하르트의 손을 잡으며 말했다.

"무서워!"

"괜찮아, 무서울 것 없어. 정말 멋진 곳이야. 저기 나무 사이 그늘에 앉아 잠시 쉬자. 사람들을 금방 찾을 거야."

라인하르트가 말했다.

엘리자베스는 가지를 늘어뜨린 너도밤나무 아래 앉아서 사방을 향해 조심스럽게 귀를 기울였다. 라인하르트는 그로부터 몇 발자국 떨어진 나무 그루터기에 앉아 말없이 그녀 쪽으로 눈길을 주었다. 태양이 그들의 머리 위에 떠 있었다. 타는 듯한 한낮이었다. 황금색이 섞인 강청색(鋼靑色) 작은 파리들이 날개를 떨며 공중을 떠다녔다. 그들 주위에는 윙윙거리는 소음으로 차 있었고, 이따금 숲 속 깊은 곳에서 딱따구리가 나무를 쪼아대는 소리나 산새들의 울음소리가 들리기도 했다.

"잘 들어 봐! 종이 울려."

엘리자베스가 말했다.

"어디?"

"우리 뒤쪽에서……. 들리지? 정오를 알리는 소리야."

"그럼 우리 뒤쪽에 마을이 있다는 얘기군. 그리고 이 방향으로 똑바로 뚫고 나가면, 사람들을 만날 게 틀림없어."

그들은 조심스럽게 숲을 헤치고 나왔다. 엘리자베스가 지쳐 있었기 때문에 딸기 찾는 일은 포기해야만 했다. 마침내 나무 사이로 사람들의 웃음소리가 들려왔다. 그 다음엔 바닥에 깔아 놓은 흰 천이 햇빛을 받아 눈부시게 빛나고 있는 것도 보였다. 그것은 식탁 대용이었고, 그 위에 딸기가 수북이 쌓여 있었다. 노인은 냅킨을 단춧구멍에 꽂고 있었다. 구운 고기를 이리저리 열심히 썰며 젊은이들한테 설교를 계속하고 있었다.

"저기 낙오병들이 오는군."

청년들이 라인하르트와 엘리자베스가 나무 사이로 걸어오는 것을 보자 소리쳤다.

"이쪽으로! 어서 모자를 뒤집어 보아라! 너희들이 찾은 것을 보자꾸나."

노인이 외쳤다.

"모자 속에는 허기와 갈증뿐입니다!"

라인하르트가 말했다.

"그게 전부라면……."

노인은 대답하면서 그들을 향해 음식이 가득 든 그릇을 들어올려 보였다.

"약속한 것을 기억하고 있겠지? 그리고 약속은 지켜야 하고. 게으름뱅이는 아무것도 얻지 못하지."

말은 그렇게 하면서도 노인은 결국 그들에게도 골고루 음식을 나누어 주었다. 즐거운 식사가 시작되었다. 노간주나무 숲에서 개똥지빠귀의 노랫소리가 들려왔다.

즐거운 소풍은 그렇게 지나갔다. 그러나 라인하르트는 결국 무언가를 발견한 셈이었다. 비록 산딸기는 아니었지만, 그 것 역시 숲에서 자라난 것이었다. 집에 돌아오자마자 자신의 오래된 양피지 책에 글을 써내려갔다.

여기 산비탈에
바람은 갑자기 침묵하고
늘어진 가지 아래
소녀가 앉았구나.

에리카꽃 향기 속에 그녀가 있네.
은은한 향기 속에 그녀가 앉아 있네.
푸른색 파리는 윙윙거리며
공중에서 반짝이는구나.

그렇게 숲은 적막에 잠겨 있고,
그녀의 맑은 눈은 숲을 들여다보네.
그녀의 갈색 고수머리 위로
햇볕이 쏟아지는구나.

멀리서 뻐꾸기 울어대고,
내 마음에 떠오르는 생각 하나,

그녀는 숲 속 여왕의
황금빛 눈을 가졌구나.

그녀는 그의 보호를 받기만 하는 대상은 아니었다. 그에게
있어 그녀는 막 여물어가는 그의 삶의 사랑스럽고 경이로운
것의 전부였다.

저기 길에 소녀가 서 있네

성탄절 이브였다. 라인하르트가 다른 대학생들과 함께 시
청 지하 술집의 낡은 떡갈나무 탁자에 앉아 있을 때는 늦은
오후였다. 그곳 지하는 벌써 어둑어둑했기에 벽에 있는 램프
에는 불이 밝혀졌다. 손님들이 드문드문 모여들었고, 종업원
은 하릴없이 벽에 기대어 서 있었다. 술집 한구석에 바이올린
연주자와 집시 소녀가 앉아 있었다. 그들은 악기를 무릎 위에
올려놓은 채 무표정한 얼굴로 앞만 보고 있었다.
대학생들이 앉은 좌석에서 샴페인 마개가 터졌다.
"마셔라, 사랑스런 집시 소녀여!"
귀공자 같은 젊은 남자가 가득 따른 술잔을 소녀에게 건

넸다.

"싫어요."

자리에서 움직이지 않고 그녀가 말했다.

"그렇다면 노래를 불러다오!"

그 청년이 외치며 소녀의 무릎에 은화를 던졌다. 바이올린 연주자가 그녀의 귀에 대고 속삭이는 동안, 소녀는 손가락으로 천천히 검은머리를 쓸어 올렸다. 그러나 그녀는 고개를 뒤로 젖힌 다음 악기에 턱을 고았다.

"저런 사람을 위해서라면 연주하지 않겠어요."

그녀가 말했다.

라인하르트가 손에 술잔을 들고 벌떡 일어서서 그녀 앞에 섰다.

"무엇을 원해요?"

그녀가 반항적으로 물었다.

"네 눈을 보고 싶어."

"내 눈이 당신하고 무슨 상관이죠?"

라인하르트가 불타는 눈으로 그녀를 내려다보았다.

"네 눈은 위선적이야!"

그녀가 손바닥을 뺨에 대고 염탐하듯 그를 응시했다.

라인하르트는 잔을 입으로 가져가며 중얼거렸다.

"아름답고 죄 많은 네 눈을 위해!"

그녀가 고개를 젖히며 웃음을 터뜨렸다.

"이리 줘요!"

그녀가 이렇게 말하며 검은 눈을 그의 눈에 고정한 채 천천히 술을 마셨다. 그러고 나서 세 줄로 된 악기를 붙잡더니 깊고 정열적인 목소리로 노래했다.

오늘, 오직 오늘뿐!
아름다운 내 모습도
내일, 아, 내일이면
모든 것은 사라지리라!
오직 이 순간만
그대는 아직도 내 사랑,
죽음은, 아, 죽음은
나 혼자 맞으리.

바이올린 연주자가 격렬한 속도로 후속곡을 연주하는 동안, 새로 온 손님이 무리에 끼어들며 말했다.

"라인하르트, 자네를 데리러 왔네. 자네가 떠난 후 아기 예수가 자네 집엘 다녀갔네."

"아기 예수? 내게는 이제 안 온다네."

라인하르트가 말했다

"에이, 그럴 리가! 자네 방이 온통 소나무와 갓 구운 과자 냄새로 진동을 하는 데도?"

라인하르트는 손에서 잔을 내려놓고 모자를 집어들었다.

"뭘 하시려는 거예요?"

소녀가 물었다.

"금방 다시 올게."

그녀가 이맛살을 찌푸렸다.

"가지 마세요!"

그녀가 낮게 외치고는 애절한 눈빛으로 그를 쳐다보았다.

라인하르트는 잠시 망설였다.

"안 돼, 그럴 수 없어."

그녀는 웃으며 발끝으로 그를 찼다.

"가버려요! 당신도 똑같은 사람이야. 모두 다 소용없어."

그녀가 몸을 돌리는 동안, 라인하르트는 천천히 술집 계단을 올라갔다.

거리엔 어둠이 깊게 내려앉아 있었다. 그의 뜨거운 이마에 닿는 겨울 공기가 상쾌하게 느껴졌다. 여기저기서 창문을 통해 전나무의 장식된 빛이 흘러나왔다. 집 안에서 종종 호각 소리와 장난감 트럼펫 소리 그리고 그 사이사이 아이들의 환호성이 들려왔다. 구걸하는 아이들 무리가 이 집 저 집을 돌아다니며 계단 난간을 올라가려고 애쓰고 있었다. 창문을 통해 그들에게는 아득한 꿈에 지나지 않는 광경을 구경하려는 중이었다. 이따금 갑자기 문이 벌컥 열리며 고함을 치는 소리가 들려왔다. 그러면 어린 손님들은 허둥지둥 어두운 뒷골목으로 달아났다. 또 다른 집 현관에서는 귀에 익은 캐럴이 울려 퍼졌다. 그 속에는 소녀의 맑은 목소리도 들어 있었다. 그러나 라인하르트에게는 그 소리가 들리지 않았다.

그가 허둥지둥 집에 돌아왔을 때는 한밤중이 되어 있었다. 발을 헛디디며 계단을 올라 작은 방 안으로 들어섰다. 달콤한 향내가 그를 감쌌다. 고향을 떠올리게 하는 냄새였다. 집에서 어머니가 성탄절을 준비하실 때 나던 냄새와 같은 것이었다.

탁자 위에 상당히 두툼한 소포 하나가 놓여 있었다. 소포를 열자 낯익은 갈색 성탄절 과자가 눈에 띄었다. 몇 개의 과자 위에 그의 이름 이니셜이 가루설탕으로 뿌려져 있었다. 엘리자베스 외에는 그렇게 할 사람이 없었다. 섬세한 수가 놓인 속옷 꾸러미, 수건과 셔츠 커프스, 마지막에 어머니와 엘리자베스의 편지가 들어 있었다. 라인하르트는 엘리자베스의 편지를 먼저 열어 보았다.

과자 만드는 걸 누가 도왔는지 귀여운 설탕 철자가 애기해 줄 거야. 같은 사람이 오빠를 위해 셔츠 커프스에 수도 놓았어. 우리 집에선 성탄 전야가 아주 조용할 것 같아. 우리 어머

니는 벌써 아홉 시 반이면 물레를 구석에 치우곤 하셔. 오빠가 없는 이곳의 겨울은 너무 외로워. 게다가 오빠가 내게 선물해 준 홍방울새가 지난 일요일에 죽어 버렸어. 정말 많이 울었어. 내가 잘 보살펴 주었는데……. 새장에 해가 비치는 오후마다 늘 울어댔지. 오빠도 알 거야. 새가 하도 큰소리로 울어대서 조용히 시키려고 어머니가 새장 위에 천을 두르시던 걸. 이제 방 안은 더 적막해.

요즘은 오빠 옛날 친구 에리히만 가끔 우리를 방문해. 오빠가 예전에 그랬지? 에리히는 그 사람의 갈색 외투랑 닮았다고. 그가 문 안으로 들어서면, 난 늘 그 생각을 하게 돼. 정말 웃기잖아! 하지만 어머니께는 말씀드리지 말아 줘. 그럼 어머니는 기분 나빠 하실 거야.

맞혀 볼래? 내가 성탄절 선물로 오빠네 어머니께 무얼 선물할 것인지! 모르겠다고? 바로 나 자신이야! 에리히가 까만 목탄으로 내 모습을 그리고 있어. 한 시간씩 꼭 채워서 벌써 세 번이나 앉아 있었는걸. 낯선 사람이 내 얼굴을 그렇게 외우는 게 난 정말 마음에 안 들어. 난 별로 하고 싶지 않았는데, 어머니가 설득하셨어. 어머니 말씀이, 마음씨 착한 베르너 부인한테 커다란 기쁨이 될 거라고 하셨어.

그런데 라인하르트 오빠, 왜 약속을 지키지 않는 거야? 동화를 보내주지 않았잖아! 오빠 어머니께 종종 불평했어. 그러면 늘 이렇게 말씀하셔. 오빠는 이제 할 일이 너무 많아서 어린애들이나 하는 그런 장난을 할 시간이 없다고……. 하지만 난 그렇게 생각하지 않아. 그건 정말 멋진 일인걸!

이윽고 라인하르트는 어머니의 편지도 읽었다. 2통의 편지를 읽고 나서 천천히 다시 접어 두었다. 향수가 밀물처럼 밀려들었다. 한동안 어쩔 줄 몰라 방을 오르락내리락했다. 그리고 조용히, 반도 알아듣기 힘들게 혼잣말을 했다.

하마터면 그는 길을 잃을 뻔했네.
길을 몰라 헤매고 있을 때
저기, 소녀가 길에 서서
집으로 오라고 손짓을 하네!

그런 다음 그는 책상으로 다가가서 얼마간의 돈을 꺼내 다시 거리로 내려갔다. 거리는 한산했다. 성탄절 나무는 다 타버렸고, 아이들은 여기저기 기웃거리는 것을 그만두었다. 적막한 거리를 바람이 쓸고 지나갔다. 이제 사람들은 집 안에서 가족끼리 둘러앉아 있었다. 성탄 전야의 두 번째 막이 오른 것이다.

라인하르트가 시청 지하 주점 가까이 오자, 아래에서 바이올린을 켜는 소리와 소녀의 노랫소리가 올라왔다. 그리고 술집 문에 달린 종이 울렸다. 어두운 형체가 흐릿하게 빛나는 널찍한 계단을 비틀거리며 올라갔다. 라인하르트는 집들 사이 그림자 속으로 들어간 다음 재빨리 지나쳐 갔다. 얼마 뒤 그는 밝게 불이 밝혀진 어느 보석 점포에 이르렀다. 그곳에서 붉은 산호가 달린 작은 십자가를 구입한 뒤 방금 지나온 길을 되돌아갔다.

그의 집에서 멀지 않은 곳에서 누더기를 걸친 소녀가 어느 집 높은 대문을 열기 위해 까치발로 서서 애를 쓰고 있는 것을 보았다.

"도와줄까?"

그가 말했다.

아이는 아무 대답도 하지 않았지만 그가 무거운 문고리를 더듬는 동안 가만히 있었다. 마침내 문이 열렸다.

"하지만 소용없어! 저 사람들이 너를 쫓아낼 거야. 나와 같이 가자! 크리스마스 과자를 줄게."

그런 다음 문을 도로 닫고 어린 소녀의 손을 잡았다. 소녀는 말없이 그를 따랐다. 나가면서 그는 불을 켜두었었다.

"자, 여기! 과자 받으렴."

그가 소녀의 치마에 설탕 철자가 있는 것만 빼고 자신의 귀중한 보물 절반을 주었다.

“자, 이제 집에 가서 네 어머니에게도 그것을 나눠 드리렴.”

아이는 놀란 눈길로 그를 올려다보았다. 그런 친절함에 익숙하지 않고, 그런 것에 무슨 말로도 대답할 줄 모르는 것 같았다. 그는 문을 열고 불을 비추어 주었다. 아이는 과자를 들고 새처럼 나는 듯 계단을 내려갔다.

라인하르트는 난로에 불을 지피고 먼지가 내려앉은 잉크병을 책상 위에 올려놓았다. 그런 다음 앉아서 어머니와 엘리자베스에게 밤새도록 편지를 쓰고 또 썼다. 남은 크리스마스 과자에는 손도 대지 않은 채였다. 그러나 엘리자베스가 만든 셔츠 커프스는 끼고 있었다. 그의 흰 상의에 신기하게도 꼭 맞았다. 겨울 해가 얼어붙은 유리창을 비추고 맞은편 거울 속에 창백하고 핼쑥한 얼굴이 보일 때까지 그는 그렇게 앉아 있었다.

고향

부활절이 되자 라인하르트는 고향으로 돌아왔다. 그는 도착한 다음날 아침 엘리자베스에게로 달려갔다. 아름답고 가냘픈 소녀가 웃으며 그를 마중 나왔다.

"그동안 많이 컸구나!"

그녀는 얼굴이 빨개졌지만 아무 말도 하지 않았다. 그리고 맞잡은 손을 그녀가 살며시 빼려고 했다. 그는 의아해하며 그녀를 쳐다보았다. 예전에는 그렇지 않았는데 마치 어떤 낯선 것이 그들 사이에 끼어든 것처럼 서먹서먹했다.

그가 그녀의 집에서 오래 머무르거나 며칠 동안 계속 방문해도 그러한 감정은 여전했다. 그들 둘만 함께 앉아 있을 때면 곤혹스러운 침묵이 생겨나 안절부절못하다가 결국 그가 미리 선수를 치게 만들었다. 방학 동안 특정한 소일거리를 갖기 위해 그는 엘리자베스에게 식물학을 가르쳐 주겠노라 말했다. 대학생활 새내기일 때 한 달 동안 열심히 몰두했던 과목이었다. 모든 면에서 그를 따르는 데 익숙하고 게다가 배우는 데도 열심이던 엘리자베스는 흔쾌히 동의했다.

그래서 그들은 일주일에도 몇 번씩 들로 산으로 소풍을 나갔다. 엘리자베스는 풀과 꽃으로 가득 찬 녹색의 식물 채집 상자를 가지고 정오쯤 집으로 돌아왔다. 그리고 공동으로 채집한 것을 엘리자베스와 나누기 위해 몇 시간 뒤에 라인하르트가 다시 왔다.

어느 날 오후 여느 날처럼 그가 방으로 들어섰다. 그때 엘리자베스는 창가에 서서 새 금박 새장에 별꽃풀을 넣어 주고 있었다. 예전에 못 보던 도금된 새장이 방 안에 놓여 있었다.

새장 속에는 카나리아 한 마리가 들어 있었다. 새는 날개를 퍼덕이며 엘리자베스의 손끝을 콕콕 쪼고 있었다. 그 자리는 라인하르트의 새장이 매달려 있던 곳이었다.

"불쌍한 내 홍방울새가 죽은 다음 카나리아로 변신을 한 모양이군?"

그가 농담조로 말했다.

"홍방울새가 죽어 카나리아가 되는 법은 없다네."

안락의자에 앉아 물레를 잣고 있던 엘리자베스의 어머니가 말했다.

"자네 친구 에리히가 오늘 오후에 엘리자베스를 위해 농장에서 보내준 새라네."

"농장이라구요? 어느 농장 말씀이세요?"

"그걸 모르고 있었나?"

"무슨 말씀이세요?"

"에리히가 몇 달 전에 임멘 호숫가에 있는 부친의 두 번째 농장을 물려받은 걸 모르고 있었나?"

"제게 아무 말씀도 안 해 주셔서 몰랐습니다."

"아! 자네도 그 친구에 대해서는 여태껏 아무 말도 물어보지 않던걸? 에리히는 친절하고 사리분별 있는 청년일세."

어머니가 커피를 내오기 위해 밖으로 나갔다. 엘리자베스는 여전히 라인하르트에게 등을 돌린 채 새장 안에 둘 조그만

정자를 만드느라 바빴다.

"아주 조금만 더, 응? 곧 끝나."

그녀가 말했다.

라인하르트가 평소와 달리 아무 대답이 없자, 그녀가 돌아섰다. 그의 눈 속에는 그녀가 여태껏 한 번도 보지 못했던 수심이 가득 차 있었다. 그에게로 가까이 다가서며 그녀가 물었다.

"어디 아픈 거야, 라인하르트?"

"내가?"

그는 되물으며 꿈꾸듯 그녀의 눈을 들여다보았다.

"어쩐지 너무 슬퍼 보여서……."

"엘리자베스, 난 저 노란 새가 참을 수 없어."

그녀는 깜짝 놀라 그를 쳐다보았다. 도무지 그를 이해할 수 없다는 표정이었다.

"오빠, 오늘 너무 이상해."

그가 그녀의 두 손을 감싸 쥐었고, 그녀는 가만히 있었다. 곧 어머니가 다시 들어왔다.

커피를 마신 후 어머니는 물레에 앉았고, 라인하르트와 엘리자베스는 식물을 분류하기 위해 옆방으로 갔다.

꽃술을 헤아리고, 잎과 꽃잎을 조심스럽게 펼쳐 각 종류마다 표본 두 개씩을 건조하기 위해 잎사귀 사이에 커다란 필름을 끼웠다. 정적 사이로 오후의 햇살이 따갑게 내리쬐었다.

옆방에서는 어머니의 물레가 윙윙거리며 돌고, 식물의 종을 분류하거나 엘리자베스의 서투른 라틴 어 발음을 교정해 주는 낮은 그의 목소리가 이따금 들려올 뿐이었다.

"얼마 전 그 민들레가 없어졌어."

채집물을 분류하고 정리하는 일이 끝나자 이윽고 그녀가 말했다.

라인하르트가 가방에서 하얀 양피지로 된 책을 꺼냈다.

"자, 네게 줄 은방울꽃이야."

반쯤 마른 식물을 책갈피에서 꺼내며 그가 말했다.

엘리자베스가 식물을 바라보며 물었다.

"동화를 다시 지은 거야?"

"동화가 아냐."

그가 대답하며 그녀에게 책을 건넸다.

책장엔 온통 시구가 가득했다. 대부분 길어야 한 페이지를 채우고 있었다. 엘리자베스는 한 장씩 차례차례 훑어보았다. 그녀는 제목만 읽는 것 같았다. '그녀가 학교 선생님한테 야단맞을 때, 그들이 숲에서 길을 잃었을 때, 부활절 동화, 그녀가 처음 편지했을 때……' 대부분 그런 식이었다. 라인하르트는 그녀의 눈길을 살폈다. 그녀가 책장을 넘기는 동안 그는 계속 그녀의 눈을 바라보았다. 그녀의 투명한 얼굴에 부드러운 홍조가 퍼져나가 천천히 얼굴 전체에 번지는 것을. 그는

그녀의 눈을 보려 했지만, 엘리자베스는 고개를 들지 않았다. 잠시 후 아무 말 없이 책을 그의 앞에 내려놓았다.

"그 책을 그런 식으로 함부로 하지 마!"

그가 말했다.

그녀는 양철통 속에서 갈색 풀이파리를 하나 꺼냈다.

"오빠가 제일 좋아하는 식물을 넣어 줄게."

그녀가 말하며 책을 그에게 건네주었다.

마침내 개학이 다가왔다. 그는 다음날이면 떠나야 했다. 엘리자베스는 어머니에게 부탁하여 그를 배웅해도 된다는 허락을 받았다. 그녀의 집에서 꽤 멀리 떨어진 곳에 정거장이 있었다.

대문을 나서자 라인하르트는 그녀의 손을 잡았다. 그들은 말없이 걸어갔다. 그들이 목적지에 가까이 다가가면 갈수록, 또다시 오랜 이별을 고하기 전에 그는 그녀에게 무슨 말을 해야 한다는 조바심이 일었다. 앞으로 그의 모든 삶의 가치와 기쁨이 그것에 달려 있는 것 같았다. 하지만 그는 그것을 표현할 말을 찾지 못했다. 그는 두려웠다. 그래서 점점 더 천천히 걸었다.

"늦을 것 같아. 성 마리엔 교회 종이 벌써 열 시를 쳤는걸."

그녀가 말했다.

그래도 그는 걸음을 빨리 하지 않았다. 마침내 그가 어물거리며 말했다.

"엘리자베스, 이제 2년 동안은 못 볼 거야. 그래도 내가 다시 돌아오면, 지금처럼 나를 좋아해 줄 거지?"

그녀는 고개를 끄덕인 뒤 그의 얼굴을 쳐다보았다.

"오빠를 위해 변호도 했어."

그녀가 잠시 뜸을 들인 뒤 말했다.

"나를 위해? 누구한테 그랬다는 거지?"

"우리 어머니한테. 어제 저녁 오빠가 돌아가고 난 다음 오랫동안 오빠에 대해 얘기했어. 어머니는, 예전의 오빠가 아니라고 하셨어."

한순간 라인하르트는 침묵했다. 그런 다음 그녀의 손을 자신의 손에 쥐었다. 그리고 아이 같은 그녀의 천진한 눈을 바라보며 말했다.

"나는 변한 게 없어. 넌 그걸 굳게 믿기만 하면 돼! 믿는 거지, 엘리자베스?"

"물론이야."

그녀가 말했다. 그는 그녀의 손을 놓아 주고 정거장을 향해 빠르게 걸어갔다. 작별이 다가올수록 그의 얼굴엔 기쁨이 넘쳐 흘렀다. 그는 그녀가 따라오기 힘들 정도로 빨리 걸었다.

"무슨 일이야, 라인하르트?"

그녀가 물었다.

"내겐 비밀이 있어, 아름다운 비밀이! 2년 뒤에 돌아오면, 그때 알게 될 거야."

그가 눈빛을 빛내며 그녀를 쳐다보았다.

그러는 사이에 그들은 정거장에 도착했다. 간신히 시간을 맞춘 것이다. 라인하르트가 다시 한 번 그녀의 손을 잡았다.

"잘 있어! 잘 있어, 엘리자베스! 내 말 잊지 마!"

그녀는 머리를 끄덕였다.

"잘 가!"

라인하르트가 마차에 오르자 바퀴가 미끄러져 나아갔다. 마차가 거리 모퉁이를 돌 때 그는 다시 한 번 사랑스러운 그녀의 모습을 돌아보았다.

편지 한 통

그 뒤 거의 2년이 지난 뒤 라인하르트는 램프 앞에서 책과 노트에 둘러싸인 채 친구를 기다리고 있었다. 마침내 누군가 발소리를 울리며 계단을 올라오고 있었다.

"들어와요!"

"베르너 씨! 편지예요."

하숙집 주인이었다. 편지를 내민 뒤 그녀는 다시 계단을 내려갔다.

고향을 방문한 이후 라인하르트는 엘리자베스에게 더 이상 편지를 쓰지 않았고, 그녀에게서도 편지를 받지 못했다. 편지는 어머니가 보낸 것이었다. 라인하르트는 봉투를 열고 편지를 읽어 내려갔다.

사랑하는 아들에게

네 나이 때에는 해마다 얼굴이 달라 보인단다. 청춘은 자신을 더 풍요롭게 만드는 법이니까. 여기도 많은 것이 바뀌었단다. 내가 널 제대로 알고 있다면, 우선 네 마음이 상할 일이 있구나.

에리히가 지난 석 달 동안 두 번이나 청혼하더니 결국 어제 엘리자베스한테서 승낙을 받아냈단다. 엘리자베스는 마음을 정할 수 없어 고민하는 것 같더니 마침내 결정한 것 같구나. 하긴 그 아이도 결코 적은 나이가 아니지. 곧 결혼식이 있을 거란다. 그리고 그 아이 어머니도 그들과 함께 떠날 것이라고 하는구나…….

임멘 호수

또다시 몇 년이 흘렀다. 어느 봄날 오후 그을린 용모의 건장한 청년이 그늘진 숲의 내리막길을 걸어가고 있었다. 진지해 보이는 회색 눈으로 긴장한 듯 먼 곳을 바라보고 있었다. 그는 마치 단조로운 길에 싫증이 나 변화를 기대하고 있는 듯했다. 드디어 짐수레 한 대가 아래에서 천천히 올라왔다.

"말씀 좀 묻겠습니다."

여행객이 농부를 향해 소리쳤다.

"여기서 오른쪽이 임멘 호수로 가는 길인가요?"

"똑바로 가야 합니다."

농부가 대답하고는 둥근 모자를 슬쩍 치켜들었다.

"호수까지 아직 많이 남았습니까?"

"웬걸요. 거의 다 왔습니다. 담배를 반도 안 피워서 호수가 나올 겁니다. 저택이 바로 그 옆에 바짝 붙어 있습니다."

농부의 마차가 그를 지나갔다. 그는 나무 그늘을 따라 걸음을 재촉했다. 15분쯤 지나자 갑자기 그늘이 사라지고 길은 산중턱을 향해 나 있었다. 그 너머엔 백 년쯤 묵은 듯한 떡갈나무 숲이 펼쳐져 있는지 산등성이 위로 정상의 여린 잎파리들이 언뜻언뜻 보였다.

산중턱에 오르자 햇살을 받은 경치가 펼쳐져 있었다. 호수는 숲 아래 깊숙이 자리하고 있었다. 암청색을 띤 고요한 호수는 햇빛을 받아 반짝이는 초록 숲으로 빙 둘러싸여 있었다. 한 부분이 갈라져서 더 깊숙이 멀리 내다볼 수 있게 했지만 이마저도 곧 푸른 산으로 막혀 있었다. 맞은편의 푸른 숲에는 마치 눈이 내린 듯한 광경이 펼쳐져 있었는데 그것은 만개한 과일 나무들이었다. 그리고 그 한쪽 물가에 빨간 지붕을 머리에 인 하얀 저택이 솟아 있었다. 황새 한 마리가 굴뚝 위를 날아올라 천천히 원을 그리며 물 위를 날고 있었다.

"아, 임멘 호수!"

나그네가 외쳤다. 그는 자신의 여행 목적지에 다다른 것 같았다. 꼼짝하지 않고 서서 나무 꼭대기 너머 수면에 비친 저택의 상(像)이 물결에 일렁이며 물가까지 떠다니는 것을 바라보고 있었다. 잠시 후 그는 길을 재촉했다.

이제는 거의 가파른 내리막길이어서 아래쪽에 있는 나무들이 다시 그늘을 만들어 주었다. 이따금 가지 틈 사이로 반짝이는 호수 물결이 내다보였다. 곧 길은 다시 부드러운 오르막이었고, 좌우의 숲이 사라지고 그 대신 잎이 빽빽하게 무성한 포도밭이 길을 따라 펼쳐졌다. 포도밭 양쪽에 윙윙거리며 파고드는 꿀벌로 잔뜩 덮인 만개한 과일나무가 서 있었다. 갈색 외투를 걸친 건장한 체구의 남자가 나그네에게로 다가왔다. 그는 모자를 흔들며 밝은 목소리로 소리쳤다.

"어서 오게나, 라인하르트! 임멘 호수 농장에 온 것을 환영하네!"

"잘 있었나, 에리히! 초대해 줘서 고맙네."

나그네도 소리쳤다.

그런 다음 그들은 다가서서 서로 손을 내밀었다.

"그런데 정말 자네가 맞나?"

에리히는 친구의 얼굴을 보자 그렇게 말했다.

"물론 내가 틀림없네. 에리히, 자네도 자네가 맞군. 자네는 예전보다 오히려 더 좋아 보이는군."

이 말에 기분 좋은 미소가 에리히의 얼굴로 번져 나갔다.

"그래, 라인하르트!"

그는 다시 한 번 더 손을 건네며 말했다.

"나는 운이 좋았네. 물론 자네도 알고 있겠지?"

그런 다음 그는 두 손을 비비며 유쾌하게 외쳤다.

"깜짝 놀랄 거야! 그녀는 자네가 올 것이라고는 상상도 하지 못했을 거야. 아마 꿈도 못 꾸는 일일걸!"

"깜짝 놀라다니, 누가 말인가?"

라인하르트가 물었다.

"엘리자베스 말이네."

"엘리자베스? 그럼 자네, 내가 온다는 얘기를 하지 않았단 말인가?"

"한 마디도 안 했지. 라인하르트, 그녀는 자네 생각은 안 한다네. 장모님도 그러시고. 내가 비밀리에 자네한테 편지를 쓴 거라네. 깜짝 놀라게 해 주려고 말일세. 자네도 알다시피 나야 늘 이런 식으로 나만의 계획을 세우기 좋아하지 않았나."

라인하르트는 생각에 잠겼다. 농장에 가까워올수록 그의 호흡은 무거워지는 것 같았다. 길 왼쪽의 포도밭이 끝나며 거의 호수 물가까지 이어지는, 부엌 마당으로 쓰이는 널따란 공간이 펼쳐졌다. 황새가 그 사이로 내려앉아 채소밭 사이를 한가롭게 거닐고 있었다.

"훠이!"

에리히가 손뼉을 치며 소리쳤다.

"다리 긴 이집트 사람이 키 작은 내 완두콩을 또 훔치고 있군!"

새는 천천히 몸을 일으켜 새 건물 지붕 위로 날아올랐다. 그 건물은 부엌 마당 끝에 자리 잡고 있었는데 넝쿨이 오른 복숭아나무와 살구나무 가지가 벽을 덮고 있었다.

"저건 화주(火酒)를 만드는 공장일세. 2년 전에야 비로소 지었다네. 농장 건물은 선친께서 새로 증축하게 하셨지. 살림집은 벌써 조부님 때 지어진 걸세. 그렇게 항상 조금씩 나아가는 거지."

에리히가 말했다.

이 말을 하면서 그들은 넓은 장소에 다다랐다. 측면은 소박한 농장 건물로 뒤쪽은 저택으로 경계가 지어져 있었다. 저택의 양쪽 날개는 높은 정원 벽과 접해 있었다. 이 벽 뒤에 어두운 주목(朱木)으로 둘러싸인 담이 보였다. 때때로 라일락나무가 만개한 가지를 정원 안으로 내밀고 있었다. 햇볕과 노동으로 벌겋게 달아오른 얼굴의 남자들이 에리히가 지시를 하거나 일과에 대해 질문을 하는 동안 그곳을 지나가거나 동료들에게 인사를 했다.

이윽고 그들은 집에 도착했다. 높고 서늘한 현관이 그들을 맞아 주었다. 그들은 현관 끝에서 왼쪽으로 조금 어두운 복도로 접어들었다. 그곳에서 에리히가 문을 열었다. 그러자 정원으로 난 널찍한 거실이 나타났다. 맞은편 창문을 덮고 있는 무성한 잎사귀들로 초록의 어스름이 가득 찬 방이었다. 그러나 그 사이로 활짝 열어젖힌 두 개의 높은 문으로 봄 햇살의 눈부신 광채가 안으로 쏟아져 들어오고 있었고, 잘 정돈된 화단이 있는 정원과 높고 가파른 넝쿨 벽이 내다보였다. 정원은 곧고 폭이 넓은 가로수 길로 나뉘어져 있었는데, 그 길을 통해 호수뿐 아니라 멀리 건너편 숲까지 훤히 내다보였다. 두 사람이 안으로 들어서자 문틈으로 들어오는 바람이 향기를 실어왔다.

정원 문 앞 테라스에 흰옷을 입은 여자가 앉아 있었다. 그녀가 몸을 일으켜 들어서는 사람들을 마중 나왔다. 그러나 몇 걸음 움직이지도 않고 그녀는 뿌리내린 것처럼 서서 꼼짝도 하지 않고 이방인을 쳐다보았다. 그가 미소를 지으며 그녀에게 손을 내밀었다.

"라인하르트!"

그녀가 소리쳤다.

"하느님 맙소사, 당신이로군요! 라인하르트, 정말 오랜만이에요."

"오랫동안 못 봤지."

그도 말했지만 다음 말은 이을 수가 없었다. 그녀의 목소리를 듣자, 심장을 바늘로 찌르는 듯한 통증이 느껴졌다.

이윽고 그녀를 쳐다보자, 수년 전 그가 고향에서 작별을 고할 때의 그 여리고 가냘픈 모습을 그대로 간직한 그녀가 서 있었다.

에리히는 기쁨에 넘치는 표정으로 문 옆으로 물러나며 말했다.

"자, 엘리자베스, 어때? 이 사람이 오리라고는 기대하지 못했을걸!"

엘리자베스는 정다운 눈길로 그를 쳐다보았다.

"당신, 너무 자상해요. 에리히!"

그러자 그는 그녀의 가느다란 손을 감싸 쥐며 말했다.

“자, 이제 그가 왔으니 절대로 다시 놓아 주지 말자고! 사실 너무 오래 나가 있었어. 다시 토박이로 만들어야 해. 한 번 보라고, 얼마나 낯설게 변했는지 말이야.”

엘리자베스의 수줍은 눈길이 라인하르트의 외모를 스치고 지나갔다.

“우리가 보지 못했던 시간이 길었으니까…….”

라인하르트는 간신히 말했다.

그때 그녀의 어머니가 작은 열쇠 바구니를 팔에 끼고 문을 들어섰다.

“아니 이게 누구야? 베르너 씨 아닌가! 생각지도 못했던 손님이라 반갑구려.”

라인하르트를 보고 그녀의 어머니가 말했다. 이어서 질문과 대답이 그들이 만나지 못했던 세월을 대변하듯 빠르게 오갔다. 여자들은 일감을 가지고 자리에 앉았고, 라인하르트는 천천히 음료수를 마셨다. 에리히는 단단한 해포석 파이프 부리에 불을 붙여 연기를 내뿜으며 그의 옆에 앉아 있었다.

다음날 라인하르트는 에리히와 함께 밖으로 나갔다. 포도밭과 홉을 심은 밭 등 경작지와 주조 공장 등을 둘러보기 위해서였다. 모든 것이 훌륭했다. 밭이든 공장이든 일하는 사람들 모두 건강하고 만족스런 표정들이었다.

점심때가 되자 모든 일꾼들이 정원 거실로 모였다. 그들은 이따금 주인의 배려로 함께 식사를 한다고 했다. 라인하르트는 아침식사를 하기 전이나 저녁식사 전의 한두 시간은 방에서 일을 하며 보냈다. 그는 몇 년 전부터 민중들 속에 유포되어 있는 시와 노래를 수집하고 있었다. 수집한 보물을 분류하거나 주변 지역에 전해져 오는 가곡(歌曲)들을 모아서 가능하면 증보(增補)하려는 일을 하고 있었다.

엘리자베스는 늘 부드럽고 친절했다. 에리히의 한결같은 관심을 그녀는 송구할 정도로 고맙게 받아들이는 눈치였다. 그리고 라인하르트는 이따금 예전의 명랑하던 소녀가 조용한 부인이 되었다는 사실이 신기할 따름이었다.

라인하르트는 이곳에 온 다음날부터 저녁이면 호숫가를 산책하곤 했다. 길은 정원 아래쪽으로 지나고 있었다. 정원 바깥쪽 높은 자작나무 아래 긴 의자가 하나 놓여 있었다. 그녀의 어머니가 그 의자를 노을 벤치라고 이름 지었다고 했다. 일몰 때 그 자리에 앉으면 가장 멋진 노을을 감상할 수 있기 때문이었다.

어느 저녁 산책에서 뜻밖의 비를 만났을 때, 라인하르트는 이 길로 돌아오던 중이었다. 물가에 서 있는 보리수 아래에서 비를 피하려 했으나 빗줄기는 점점 굵어져서 곧 나뭇잎을 헤치며 떨어졌다. 이미 흠뻑 젖은 상태라 그는 천천히 걸어가기로 마음을 먹었다.

날은 어둑어둑해졌고, 계속해서 더 굵은 빗줄기가 퍼붓고 있었다. 그가 그 의자에 가까이 다가왔을 때, 반짝이는 자작나무 줄기 사이로 하얀 옷을 입은 여자의 모습을 언뜻 본 것 같았다. 그녀는 꼼짝도 하지 않은 채 서 있었고, 가까이 다가가자 마치 누군가를 기다리는 것처럼 그를 향해 몸을 돌리는 듯 느껴졌다. 그는 엘리자베스라고 믿었다. 그러나 그가 그녀를 따라잡아 함께 정원을 지나 집으로 돌아가기 위해 걸음을 더 빨리 하자, 그녀는 천천히 몸을 돌려 어두운 샛길로 사라져 버렸다.

그는 뭐가 뭔지 알 수가 없었다. 하지만 엘리자베스에 대해 화가 나는 건 아니었다. 그럼에도 불구하고 그는 그것이 그녀였는지 갈피를 잡지 못했다. 그렇다고 그녀에게 직접 물어볼 수도 없었다. 그랬다, 혹시라도 엘리자베스가 정원 문을 통해 들어오다가 마주칠까 봐 그는 돌아가는 길에 정원 거실로 들어가지 않았다.

어머니가 원했어요

그 뒤 며칠 후 저녁 무렵이었다. 가족들은 여느 때처럼 그 시간에 정원 거실에 함께 앉아 있었다. 문은 열려 있었고, 해는 이미 숲 뒤쪽 호수 저편으로 넘어가 있었다.

라인하르트는 민요를 소개해 달라는 청을 받았다. 그날 오후 시골에 사는 한 친구로부터 우편으로 민요를 받았던 것이다. 그는 자기 방으로 가서 종이 두루마리를 가지고 금방 돌아왔다. 두루마리는 깨끗하게 손으로 씌어져 있었는데 낱장이 여러 장이었다.

사람들은 탁자에 둘러앉았고, 엘리자베스가 라인하르트 옆에 앉았다. 그가 말했다.

"하늘에 운을 맡기고 읽어 볼까? 사실 나도 아직 훑어보지 못했거든."

엘리자베스가 종이를 펼쳤다.

"여기 악보도 붙어 있네요, 라인하르트! 당신이 불러 봐요."

그녀의 요청에 그는 맨 처음 티롤 지방의 슈나더휩펠(역주: Schnaderhüpgel, 요들을 수반하는 익살스런 내용의 즉흥민요)을 읽어 내려갔다. 읽으면서 이따금씩 반쯤 낮춘 목소리로 재미있는 멜로디를 들려주었다. 유쾌한 분위기가 그 작은 모임에 넘쳐 흘렀다.

"그런데 누가 그 아름다운 노래를 지었죠?"

엘리자베스가 물었다.

"아, 들어 보면 모르겠어? 재단사나 이발사, 뭐 그런 부류의 활동적인 사람들이 만들었겠지."

에리히가 말했다.

그러자 라인하르트가 말했다.

"그 노래들은 만들어진 것이 아냐. 그냥 자라나는 거지. 작은 거미줄처럼 하늘에서 떨어져 이쪽에서 저쪽으로 땅 위를 떠돌아다니다가 여기저기에서 동시에 불리는 거야. 우리들의 삶과 번민을 이 노래들 속에서 알아볼 수 있거든. 마치 우리 모두가 한몫 거든 것 같기도 해."

그가 다른 종이를 집었다.

"높은 산 위에 서 있었네."

"그거, 나도 알아요!"

엘리자베스가 반갑다는 듯 소리쳤다.

"라인하르트, 어서 시작해 보세요. 내가 거들게요."

그래서 그들은 너무나 수수께끼 같아서 사람이 고안해낸 것이라고 도저히 믿기 어려운 그 멜로디를 노래했다. 엘리자베스는 약간 낮춘 알토로 테너의 음을 도왔다.

그녀의 어머니는 바느질을 하며 앉아 있었다. 에리히는 손을 포개어 얹고 귀 기울이고 있었다. 노래가 끝나자 라인하르트는 말없이 종이를 옆으로 밀어놓았다.

호수 기슭으로부터 저녁의 정적을 뚫고 가축 떼의 방울 소리가 올라왔다. 그들은 아무 말 없이 그 소리를 듣고 있었다.

그때 소년의 맑은 노랫소리가 들려왔다.

높은 산 위에 서 있었네.
깊은 골짜기를 보았지.

라인하르트가 미소를 지으며 말했다.
"저 소리 들려요? 저렇게 입에서 입으로 퍼지는 겁니다."
"이 부근에서는 자주 불려요."
엘리자베스가 말했다.
"그래, 목동이야. 가축 떼를 집으로 몰아가는 거라네."
에리히도 거들었다.
그들은 위쪽에 있는 축사 뒤로 방울 소리가 사라질 때까지
한동안 귀 기울여 들었다.
"저것이 원래 음이야. 그 음은 숲 속 깊숙이 잠들어 있다가
깨어나지. 누가 흔들어 깨웠는지는 신만이 아실걸!"
라인하르트가 말하며 새 종이를 꺼냈다.
날은 벌써 어두워져 있었다. 붉은 석양이 호수 건너편 숲
위로 비누 거품처럼 퍼져 있었다. 라인하르트가 종이를 펼치
자 엘리자베스가 그 한쪽에 손을 얹고서 같이 들여다보았다.
그러자 라인하르트가 읽어 내려갔다.

어머니가 원했어요.
다른 이를 맞으라고.
예전에 가졌던 것
내 마음 그걸 잊으라고.
내 마음 원치 않았건만.

어머니를 원망해요.
어머니 탓이라고.
예전에 명예였던 것
이제는 죄가 되어 버렸다고.
무엇을 시작할까나!

내 모든 자랑과 기쁨을 위해
얻은 것 괴로움뿐.
아, 일어나지 않았더라면
아, 황색 벌판 너머
구걸이라도 갈 텐데!

읽는 동안 라인하르트는 종이가 눈에 띄지 않을 정도로 미
세하게 떠는 것을 느꼈다. 그가 낭독을 끝내자, 엘리자베스가
조용히 의자를 밀어내고 말없이 정원으로 내려갔다. 어머니

의 눈길이 그녀를 뒤따랐다. 에리히가 뒤따라가려 했지만 어머니가 말했다.

"엘리자베스는 밖에 할 일이 있다네."

밖에선 어둠이 정원과 호수 위로 점점 더 무겁게 내려앉았다. 나방들이 윙윙거리며 문 주위를 맴돌고, 열린 문으로 꽃향기는 강하게 스며들었다. 물에선 개구리 울음소리가 구슬프게 들려왔고, 창문 아래쪽 깊숙한 정원 숲에서는 나이팅게일이 무리지어 울고 있었다. 달이 나뭇가지에 걸려 있었다.

라인하르트는 엘리자베스의 가냘픈 형체가 사라진 나무 길 사이를 한동안 바라보고만 있었다. 그런 다음 민요 두루마리를 돌돌 말아, 함께 자리한 사람들에게 인사를 하고 집을 가로질러 물가로 내려갔다.

숲은 침묵 속에 잠겨 있었다. 멀리 호수 위까지 그 그림자가 드리워져 있었다. 호수 한복판에는 관능적인 달이 내려앉아 자태를 뽐내고 있었다. 이따금 나무들 사이로 조용한 바스락거림이 소나기처럼 지나갔다. 그러나 그것은 바람이 아니었다. 여름밤이 숨쉬는 소리였다.

라인하르트는 물가를 따라서 계속 걸어갔다. 뭍에서 돌팔매질을 하면 닿을 만한 거리에 수련 한 송이가 떠 있는 것이 보였다. 그는 갑자기 수련을 가까이에서 보고 싶은 충동을 느꼈다. 그래서 옷을 벗어 던지고 물로 들어갔다. 물은 얕았다.

호수 바닥의 물풀과 날카로운 돌이 발바닥을 찔렀다. 그런데 몇 걸음을 걸어 들어가도 여전히 헤엄을 칠 만한 깊이에 이르지 못했다. 그러나 갑자기 발밑에 있던 바닥이 사라지고 소용돌이치듯 물이 위로 덮쳤다.

그가 다시 수면 위로 얼굴을 내밀기까지 꽤 시간이 걸렸다. 이윽고 손과 발을 움직이며 빠진 곳을 확인할 때까지 원을 그리며 헤엄쳤다. 곧 수련도 다시 보였다. 꽃은 크고 빛나는 잎 사이에 외롭게 떠 있었다.

그는 천천히 헤엄쳐 나아갔다. 이따금 물 밖으로 팔을 치켜들면 뚝뚝 떨어지는 물방울이 달빛을 받아 보석처럼 빛났다. 그러나 그와 꽃 사이의 간격은 그대로인 것 같았다. 그가 뒤돌아보면, 물가는 알 수 없는 향기 속에 아득하게 멀어져 있었다.

그는 단념하지 않고 수련을 향해 헤엄쳐 나갔다. 마침내 달빛 속에 드러난 은색 꽃잎을 똑똑히 알아볼 수 있을 정도로 가까이 다가갔다. 그와 동시에 그는 마치 그물에 얽혀 휩쓸리는 것 같은 느낌을 받았다. 미끌미끌한 줄기가 바닥에서 위쪽으로 뻗어 나와 있는 수중식물에 다리가 엉킨 것이었다. 수심을 알 수 없는 물은 검은 빛으로 그를 에워싸고 있었고, 뒤에서는 물고기들이 수면 위로 뛰어오르는 소리가 들렸다. 불현듯 그는 낯선 자연 속이 너무나 섬뜩하게 느껴졌다. 얽혀 있는 수중식물을 힘껏 잡아 뜯은 뒤 숨쉴 틈도 없이 뭍으로 서둘러 헤엄쳐 나왔다.

그곳에서 호수를 돌아보자, 수련은 그 전처럼 멀리 어두운 수면 위에 외롭게 떠 있었다.

그는 옷을 걸쳐 입고 천천히 집으로 돌아갔다. 정원 거실로 들어서자, 에리히와 어머니가 여행 가방을 꾸리고 있었다.

"아니, 이렇게 밤이 늦었는데 어디 갔다 오는 건가?"

그녀의 어머니가 그를 향해 소리쳤다.

"아, 네……. 수련 꽃을 보려고 했는데, 그게 잘 안 됐습니다."

"또 못 알아들을 소리만 하는군! 도대체 자네가 수련 꽃하고 무슨 상관이 있단 말인가?"

에리히가 말했다.

"예전에 인연이 있은 적이 있었지. 하지만 벌써 오래전 일일세."

라인하르트가 말했다.

엘리자베스

다음날 오후 라인하르트와 엘리자베스는 호수 건너편으로 —숲을 지나기도 하고, 또 봉긋한 물 가장자리 언덕을 넘으며 —산책을 갔다. 에리히가 엘리자베스에게 그와 어머니가 여행을 떠난 동안 라인하르트에게 가까운 곳의 아름다운 경치, 특히 호수 반대쪽의 농장까지 안내해 주라고 부탁했던 것이다. 두 사람은 여기저기 거닐며 산책을 즐겼다. 이윽고 지친 엘리자베스가 늘어진 나뭇가지 그늘에 앉았고, 라인하르트는 그녀의 맞은편 나무 기둥에 기대 서 있었다. 그때 숲 속 깊은 곳에서 뻐꾸기 소리가 들려왔다. 그러자 갑자기 이 모든 것들이 예전에 있었던 일처럼 생각되었다. 그는 미소를 지으며 그녀를 쳐다보았다.

"딸기나 찾으러 가 볼까?"

"지금은 딸기 철이 아니에요."

그녀가 말했다.

"하지만 곧 딸기 철이 될 거야."

엘리자베스가 말없이 고개를 가로저었다. 그런 다음 그녀가 일어섰고, 두 사람은 다시 숲 속을 거닐었다. 그의 시선은 반복적으로 계속 그녀 쪽을 향했다. 그녀의 걷는 모습은 옷 때문에 사뿐사뿐 날고 있는 것처럼 보였다. 그는 아름다운 그

녀의 모습을 송두리째 눈에 담으려는 듯 무의식적으로 한 걸음씩 뒤로 물러나곤 했다. 그들은 멀리 평야까지 경치가 보이는, 풀로 무성하게 덮인 공터에 다다랐다. 라인하르트가 몸을 굽혀 풀 몇 포기를 꺾었다. 그의 얼굴에는 고통의 빛이 역력하게 담겨 있었다.

"이 꽃, 알겠어?"

그가 말했다.

그녀는 애처로운 눈길로 그를 바라보았다.

"에리카잖아요. 숲에서 자주 꺾어 오곤 했었죠……."

"집에 오래된 책이 한 권 있어. 예전엔 갖가지 노래와 시구를 그 안에 적어 두곤 했는데, 오랫동안 정리하지 않았어. 그 책갈피 사이에도 에리카가 들어 있어. 이젠 말라 버렸지만, 누가 내게 준 건지 알아?"

그녀는 잠자코 고개를 끄덕인 뒤 눈을 내리깔고서 그의 손에 쥐어 있는 들풀만 바라보고 있었다. 그들은 말없이 한참 동안 서 있었다. 이윽고 그녀가 눈물이 가득 고인 눈을 들어 그를 바라보았다.

"엘리자베스, 저 푸른 산 뒤편에 우리의 청춘이 있었어. 그런데 어디로 사라진 걸까?"

그들은 더 이상 말을 하지 않았다. 나란히 호수를 향해 걸어 내려갔다. 공기는 후텁지근했고, 서쪽에서 먹구름이 번져

오고 있었다.

"소나기가 올 것 같아요."

엘리자베스가 걸음을 재촉하며 말했다. 라인하르트는 가만히 고개를 끄덕였고, 두 사람은 호숫가를 따라서 나룻배에 다다를 때까지 걸음을 빨리했다.

호수를 건너는 동안 엘리자베스는 손을 나룻배 가장자리에 얹고 있었다. 그는 노를 저으면서도 그녀를 향한 눈길을 떼지 않았다. 그러나 그녀는 그를 외면한 채 먼 곳을 바라보고 있었다. 그녀를 바라보던 그의 시선은 아래로 미끄러져 그녀의 손에 머물렀다. 창백한 그 손은 그녀가 말하지 못하는 그 무언가를 대신하고 있는 듯했다. 밤마다 병든 가슴 위에 올려놓는 아름다운 손에서 남모르는 고통의 섬세한 흔적을 그는 느낄 수 있었다. 엘리자베스는 그의 눈길이 자신의 손에 머물고 있는 것을 느끼자 물 속으로 살며시 손을 집어넣었다.

농장에 도착하자 그들은 저택 앞에서 연장을 수리해 주는 수레와 마주쳤다. 검은 곱슬머리를 늘어뜨린 한 남자가 부지런히 바퀴를 돌리며 집시 멜로디를 콧노래로 흥얼거리고 있었다. 수레 옆에는 줄에 묶인 개 한 마리가 숨을 헐떡이며 엎드려 있었다. 집 현관에는 누더기를 걸치긴 했지만 예쁘장하게 생긴 소녀가 엘리자베스를 향해 손을 뻗으며 구걸했다.

라인하르트는 주머니에 손을 넣었다. 그러나 엘리자베스가 그보다 앞서 지갑에 든 모든 것을 털어 소녀의 손에 쥐어 주었다. 그런 다음 그녀는 서둘러 몸을 돌려 흐느끼며 계단을 올라갔다.

그는 그녀를 붙잡으려 하다가 그만두고 계단에 멈춰 섰다. 소녀는 여전히 꼼짝도 하지 않고, 적선 받은 것을 손에 든 채 현관에 서 있었다.

"또 무엇을 원하지?"

라인하르트가 물었다.

"아무것도 없어요."

소녀가 움찔하며 말했다. 그런 다음 그를 향해 고개를 돌리고 혼란스러운 눈빛으로 그를 응시하며 천천히 문 쪽으로 걸어갔다. 그가 뭐라고 이름을 외쳤다. 하지만 소녀에게는 들리지 않는 듯했다. 머리를 숙이고 팔짱을 낀 채 마당을 걸어 내려갔다.

죽음은, 아, 죽음은
나 혼자 맞으리!

오래전에 들었던 노래가 그의 귓가에 퍼졌다. 아주 잠깐 동안 숨이 멎는 것 같았다. 그는 몸을 돌려 방으로 갔다.

일을 하려고 자리에 앉았으나 도무지 집중이 되지 않았다.

한 시간 동안 헛되이 시도해 보다가 거실로 내려갔다. 거실엔 아무도 없었다. 단지 푸르스름한 어스름만이 머물고 있을 뿐이었다. 엘리자베스의 재봉틀 위에는 그녀가 목에 둘렀던 빨간 스카프가 놓여 있었다. 그것을 집어들자 고통이 밀려들어 도로 내려놓았다. 어떻게 해도 마음이 가라앉지 않았다.

그는 호수로 내려가서 나룻배를 풀었다. 건너편으로 노를 저어가 조금 전에 엘리자베스와 함께 산책했던 길을 다시 한 번 더 걸었다. 집으로 돌아왔을 때는 밤이 깊어서였다. 마당에서 말에게 먹이를 주려고 가는 마부와 마주쳤다. 여행을 갔던 이들이 방금 돌아온 것이다.

집 현관에 들어서자 에리히가 거실을 왔다갔다 거니는 소리가 들려왔다. 그러나 그곳으로 들어가지 않았다. 잠시 조용히 서 있다가 그의 방으로 가는 계단을 올라갔다. 마치 주목 울타리에서 나이팅게일이 지저귀는 소리를 들으려는 것처럼 창가에 놓인 안락의자에 앉았다. 그러나 고동치는 자신의 심장 소리만 들려왔다.

아래층에선 모두가 자러 간 듯했고, 밤이 지나가고 있었다. 그러나 그는 시간을 느끼지 못했다. 그렇게 몇 시간을 앉아 있었다. 마침내 일어서서 창가에 기대섰다. 밤이슬이 나뭇잎 사이로 뚝뚝 떨어지고 있었다. 나이팅게일도 지저귐을 그쳤고, 동쪽에서부터 희미한 노란 어스름이 짙은 밤하늘을 조금씩 밀어내고 있었다. 상쾌한 바람이 불어와 라인하르트의 뜨거운 이마를 쓰다듬었다. 부지런한 종달새가 환호성을 지르며 공중으로 날아올랐다.

라인하르트는 갑자기 몸을 돌리고 책상으로 다가갔다. 손으로 연필을 찾아 더듬거렸고, 자리에 앉아 하얀 종이에 몇 줄 써내려갔다. 그 일을 마치자 모자와 지팡이를 집어들었다. 종이를 남겨둔 채, 조심스럽게 문을 열고 복도로 내려갔다.

아침 여명이 모든 사물의 모서리에까지 깃들어 있었다. 집고양이가 짚방석 위에서 기지개를 펴다가 그가 손을 내밀자 털을 곤두세웠다. 바깥 정원에서는 벌써 나뭇가지 위의 참새가 밤이 지나갔음을 알리고 있었다.

그때 2층에서 문이 열리는 소리가 나더니 곧이어 누군가 황급히 계단을 내려오는 소리가 났다. 그가 고개를 돌렸을 때 엘리자베스가 그의 앞에 서 있었다. 그녀는 그의 팔에 손을 올리고 무슨 말인가 하려고 입술을 움직였다. 그러나 그는 아무 말도 알아들을 수 없었다.

"다시 안 올 거죠?"

마침내 그녀가 말했다.

"거짓말하려 하지 말아요. 절대로 다시 오지 않을 거라는 거 알고 있어요."

"맞아, 안 올 거야. 절대로!"

그가 말했다. 그녀는 힘없이 손을 떨어뜨렸고 아무 말도 하지 않았다. 그는 복도를 지나 문을 향해 걸어갔다. 그런 다음 다시 한 번 더 몸을 돌렸다. 그녀가 꼼짝도 하지 않고 같은 자리에 서서 멍한 눈으로 그를 바라보고 있었다. 그는 한 걸음 앞으로 내딛고, 그녀를 향해 한 팔을 쳐들었다가 그대로 몸을 돌려 밖으로 나갔다.

상쾌한 아침 햇살 속에 세상이 펼쳐져 있었다. 거미줄에 걸린 이슬이 햇살에 빛나고 있었다. 그는 더 이상 뒤를 돌아보지 않았다. 쏜살같이 밖으로 걸어나갔다. 그의 뒤로 고요한 농장이 점점 더 가라앉고, 눈앞에는 크고 넓은 세계가 솟아오르고 있었다.

노인

달빛은 더 이상 창문으로 비쳐들지 않았다. 어둠이 그를 감쌌다. 하지만 노인은 여전히 깍지를 끼고 안락의자에 앉아 방 안을 둘러보았다. 그를 둘러싼 암흑이 그의 눈앞에서 차츰차츰 어두운 호수로 변하고 있었다. 검은 물결이 출렁이며 점점 더 깊이, 더 멀리 펼쳐지고 있었다. 너무 아득하여 노인의 눈

이 거의 다다를 수 없는 곳에 넓은 잎사귀 사이로 하얀 수련 한 송이가 외롭게 떠 있었다.

방문이 열리고 밝은 빛줄기가 방 안에 퍼졌다.

"브리기테, 마침 잘 왔군. 책상 위에 불을 올려 주게."

노인이 말했다.

그런 다음 그는 의자를 책상 쪽으로 당기고 그곳에 펼쳐져 있던 책을 집어들었다. 그리고 한때 청춘의 혈기를 쏟았던 학문 속으로 침잠(沈潛)해 들어갔다.

대학시절
Auf der Universitat

Auf der Universität

로레

　내겐 또래 소녀들을 소개해 줄 누이가 없었다. 그 대신 나는 댄스 교습소에 다녔다. 시장 관사로 쓰고 있는 시청 강당에서 주마다 이틀씩 교습을 받았다. 교습생들은 나와 제일 친한 시장님의 아들을 포함해 모두 여덟 명이었다. 우리는 전부 라틴 어 학교의 6학년생(역주: 우리 나라 고등학교 1학년)들이었으므로 큰 문제는 없었다. 그러나 파트너인 여자 무용수를 구하는 일은 매우 어려웠다. 여덟 명이나 되는 파트너를 동시에 구한다는 것은 쉬운 일이 아니기 때문이었다.

　그러나 시장 아들인 프리츠가 이 문제를 간단히 해결했다. 전에 그의 집에서 일하던 가정부가 어느 재단사와 결혼을 했는데 시장 부인이 여는 파티마다 늘 불러오곤 했다. 그녀의 남편은 누런 피부에 비쩍 마른 프랑스 사람으로 재봉틀 앞에서 바늘을 놀리기보다는 술집에서 허풍 떨기를 더 좋아하는 사람이었다. 그들은 성의 정원이 마주 보이는 거리 끝에 살고 있었다. 우리는 그 집을 잘 알고 있었다. 문 옆에 난 유일한 창을 거의 다 가리고 있는 커다란 보리수나무가 있는 옹색한 집이었다. 우리는 제라늄 화분 뒤에서, 소년들의 상상 속에서는 조금도 중요하지 않아 보이는 바느질을 하며 앉아 있던 그 예쁜 소녀를 흘낏거리기 위해 자주 그 집 앞을 지나갔던 것이다.

열세 살 먹은 가냘픈 소녀는 프랑스 재단사의 외동딸이었다. 싸구려 옷감이긴 해도 그애 어머니의 사랑으로 아주 깔끔하게 차려입고 있었다. 갈색 피부와 커다란 검은 눈은 아버지를 이어받아 이국적인 분위기를 풍기고 있었다. 그리고 검은 머리카락이 수수하게 관자놀이 아래로 드리우고 있어서 그렇지 않아도 주먹만한 얼굴이 더욱 앙증맞게 보였다. 아직도 나는 그 모습을 기억하고 있다.

프리츠와 나는 르노레 보르가르가 여덟 번째 파트너가 되어야 한다는 데 곧 의견 일치를 보았다. 물론 우리는 장애에 부딪칠 수밖에 없었다. 왜냐하면 우리가 그 제안을 하자, 다른 어린 파트너들과 '아가씨'들이 몹시 언짢은 표정으로 말수가 줄었던 것이다. 하지만 아들의 재치에 넘어간 시장 부인이 우리 편을 들어주었다. 그리고 이 씩씩한 부인의 명랑하고 결단력 있는 존재 앞에서는 작은 숙녀들의 찌푸린 콧잔등도, 또 더 위협적인 어머니들의 특정한 항변도 견뎌내지 못했다.

그렇게 해서 우리는 어느 날 오후 프랑스 재단사의 작은 집을 향해 가고 있었다. ―나는 우리 집 목수 아들과 거리가 멀어진 것을 자주 유감스러워했다. 그의 여동생과 보르가르 양은 매우 친한 친구여서 거의 매일 만났다. 나는 그와 다시 친하게 지내며 그의 아버지 밑에서 목공일을 배워 볼까도 신중히 생각했다. 왜냐하면 크리스토프는 그가 불쾌한 어조로 말하는, 유식한 학교인 '라틴 어 학교 학생들' 에 대해 유별난 적개심을 품고 있었다. 그러나 그것만 빼면 성실한 소년이었고, 조금도 교활하지 않았다. 또 같은 생각을 지닌 친구들의 도움을 받아 연병장에서 이따금 라틴 어 학생들과 힘닿는 대로 실컷 치고받곤 했는데, 그런 주먹다짐이 전쟁의 결말을 가져다줄 수는 없는 일이었다.

그러나 더 이상 그 중재도 필요 없게 되었다. 우리는 이미 그 집 앞에 거의 다 왔고, 11월의 바람에 뒹구는 노란 보리수 낙엽 위를 걷고 있었기 때문이었다.

초인종을 울리자 보르가르 부인이 부엌에서 나왔다. 흰색 앞치마에 조심스럽게 손을 닦은 후 작은 거실로 들어가도록 우리에게 권했다.

바느질을 하다가 우리가 들어서자 화들짝 놀라 일어난 가냘프고 가무잡잡한 소녀의 모습에서 땅딸막한 금발머리 부인의 모습을 찾기는 힘들었다. 소녀는 호기심과 당황함이 교차하는 표정으로 작은 상자에 기대어 서 있었다. 프리츠가 우리의 뜻을 전하는 동안 그녀의 작은 얼굴에 홍조가 번졌고, 차츰 눈이 커지며 빛나는 것을 나는 보았다. 그러나 그녀의 어머니가 입을 다물고 생각에 잠겼다가 고개를 흔들자, 그녀는 어머니 등 뒤쪽으로 살그머니 돌아 언뜻 보기에 침실로 통하는 듯한 문으로 사라져 버렸다.

나는 우리가 들어설 때 그녀가 앉아 있던 책상으로 시선을 돌렸다. 리본과 잡동사니들 속에 가죽으로 만든 날렵한 무용화 한 켤레가 놓여 있었다. 방금 전에 소녀가 만지작거리던 것으로 테두리까지 마친 상태였다. 그것은 불안할 정도로 작았고, 내 상상으로는 그 안에 들어갈 만큼 작은 발을 상상조차 할 수 없었다. 나는 벌써 그녀가 춤을 추며 내 주위를 빙빙 도는 것 같았다. 나는 잠시만이라도 가만히 있으라고 그녀에게 부탁하고 싶었다. 그러나 그녀는 금방 사라졌다가는 다가오고, 또다시 사라지며 나를 애타게 했다.

이렇게 내가 환영에 잠긴 꿈을 꾸고 있는 동안 보르가르 부인과 프리츠는 가야 한다느니, 못 보낸다느니 하며 힘겨운 저울질을 하고 있었다. 너무나 어이없게 거절을 당할 위기에 처한 내 친구는 마침내 시장 부인의 이름을 저울 위에 올렸다. 그러자 전세(戰勢)는 금방 역전되는 듯했다.

"그리고 신발도 저기 있잖아요! 보르가르 씨는 신발도 만드나요?"

프리츠가 말했다.

부인이 고개를 끄덕였다.

"도련님도 아시다시피 그이는 못하는 게 없는걸요. 연초에 도련님 회중시계도 고쳐 드렸잖아요. 저 신발은 성탄절에 주려고 미리 만들어 둔 거예요."

"마가레트 아주머니, 그럼 됐군요. 우리 어머니에겐 입지 않는 옷이 옷장에 가득해요. 그걸로 로레를 위해 아주머니가 새 옷을 만들어 주시면 되잖아요. 한 벌이면 로레의 옷 세 벌도 만들 수 있을 거예요."

부인은 잠시 환한 미소를 지었다. 하지만 다시 얼굴이 어두워졌다.

"글쎄요……. 그래선 안 되지만, 사모님이 허락하신다면야……."

그 사이에 소녀가 돌아와 어머니 옆에 서 있었다. 하얀색 스카프를 두른 것을 나는 놓치지 않았다. 또 붉은 산호 귀걸이도 달고 있었다.

"네 생각은 어떠니, 로레?"

그녀의 어머니가 여전히 결심을 하지 못한 표정을 짓고 있는 동안 프리츠가 말했다.

"우리랑 같이 춤추고 싶지 않니?"

그녀는 대답하지 않았다. 그러나 두 손으로 어머니의 목을 감고 뭐라고 속삭이는 그녀의 얼굴엔 점점 더 짙은 홍조가 번지고 있었다.

"도련님이 나한테만 살짝 얘기했더라면 아무 일 없었던 걸로 할 수 있을 텐데…… 이 아이에게 바람을 잔뜩 넣었으니 쟤가 날 그냥 내버려 두지 않을 게 뻔해요."

부인은 매달리는 소녀를 부드럽게 밀어내며 말했다.

그러니까 우리가 이긴 것이었다.

"수요일 저녁 일곱 시야!"

프리츠가 걸어가면서도 외쳤다. 그런 다음 우리는 모녀의 배웅을 받으며 그 집을 나왔다. 얼마가 지난 뒤 우리가 뒤돌아보자 우리의 어린 여자 친구는 아직도 그곳에 서 있었다. 그녀는 우리를 보고 몇 번 고개를 끄덕이더니 재빨리 집으로 뛰어들어갔다.

춤 연습 시간에

프리츠가 내게 일러준 바로는 그 다음날 보르가르 부인이 다녀갔다고 했다. 어머니와 상당한 시간 옷장을 뒤적인 다음 한 보따리나 되는 옷 꾸러미를 가져갔다는 것이다.

수요일 저녁 춤 연습 시간이었다. 주문한 양복과 에나멜 구두가 늦게 도착하는 바람에 내가 홀에 들어섰을 때는 벌써 모두 모여 있었다. 내 동급생들은 창가의 선생님 주위에 모여 있었다. 선생님은 손가락으로 바이올린 줄을 퉁기며 젊은 제자들에게 희망곡을 들려주고 있었다. 여자 무용수들은 무리를 지어 팔짱을 낀 채 홀을 이리저리 거닐고 있었다.

로레는 그들 사이에 없었다. 그녀는 혼자 문에서 그리 멀지 않은 곳에 서서 활기 있게 잡담을 나누고 있는 소녀들을 언짢게 건너다보고 있었다. 소녀들은 낯선 공간에서도 무척이나 자유롭고 거리낌 없이 느끼는 것 같았고, 로레의 존재 따위에는 관심도 두지 않는 듯했다. 소녀들의 마음보다 더 이기적이고 무자비한 것은 없을 것이다.

곧이어 시장 부인이 들어섰다. 그녀는 젊은 일행들에게 인사를 했다. 그리고 프리츠가 표현한 대로, 장군과 같은 시선으로 홀을 한 번 훑어보았다. 그런 뒤 로레에게 다가가서 그녀의 손을 잡고 댄스 교사에게 말했다.

"짝이 맞도록 신사들도 줄을 세워 보세요!"

댄스 교사가 분주히 움직이는 동안 그녀는 소녀들에게로 몸을 돌려 줄 서기에 합류했다. 금발머리의 우체국장 딸이 키가 가장 컸는데, 다른 소녀들보다 거의 머리 하나가 더 있었다. 그녀는 우리 건너편에 세워졌다. 그런데 일이 수상쩍게 돌아갔다.

"잘 모르겠구나, 샤로테. 네가 더 큰지, 로레가 더 큰지! 내가 보기엔 너희 둘 다 아주 똑같은 것 같아!"

시장 부인이 말했다

의회 의원이자 법관의 딸인, 이름을 불린 소녀가 한 걸음 뒤로 물러나며 말했다.

"맘젤(역주 : Mamsell은 마드모아젤(Mademoiselle)의 독일어식 변형, 17세기 소녀에 대한 일반 통용어) 로레가 분명 더 클 거예요."

"아이, 무슨 말씀을! 아가씨, 그 구석에서 나와서 맘젤 로레하고 키를 한 번 재 보렴!"

내 친구의 어머니가 소리쳤다,

그래서 그 어린 숙녀는 앞으로 나와서 재단사의 딸과 등을 맞대고 키를 재게 되었다. 그러나 ― 나는 예리하게 주시하고 있었다 ― 그녀는 재단사 딸의 검은머리와 자신의 머리가 닿지 않고도 키를 재는 법을 알고 있었다.

그 어린 아가씨는 연한 색상의 옷을 입고 있었다. 로레는 검정과 빨간 줄이 들어간 모직 원피스를 입고 목에는 얇은 천으로 만든 스카프를 두르고 있었다. 옷이 지나칠 정도로 어두워 보였고, 그녀는 이국적으로 보였다. 그러나 옷은 그녀에게 잘 어울렸다.

시장 부인은 두 소녀의 키를 쟀다.

"샤로테, 넌 예전에도 제일 잘 했잖니? 저애가 널 앞지르지 않도록 조심하거라. 어쩐지 그럴 것처럼 보이는구나."

나는 이 말에 소녀의 검은 두 눈이 반짝이는 것을 본 것 같았다.

잠시 후에 짝이 정해졌다. 나는 소년들 줄에서 두 번째였다. 그래서 로레가 내 파트너가 되었다. 그녀가 손을 내 손 위에 올려놓으며 살짝 미소를 지었다.

"우리 멋지게 추자!"

내가 말했다. 그리고 우리는 최선을 다했다. 맨 먼저 마주르카를 연습했는데 이 레슨이 끝나갈 때쯤 회전이 잘 진행되지 않자, 우리의 늙은 마에스트로는 활로 바이올린 뚜껑을 두드렸다.

"보르가르 양! 필립 군! 한 번 시범을 보여 봐요!"

그가 멜로디를 연주하며 동시에 노래하는 동안 우리는 춤을 추었다. 그녀와 춤추는 데는 기술이 필요 없었다. 내가 아니라 그 누구도 실수하지 않을 거라고 나는 믿는다. 노신사는 열광적인 '브라보!'를 외쳤고, 쾌활한 시장 부인도 유쾌한 미소를 지으며 소파 깊숙이 몸을 기댔다.

샤로테 양은 내 친구 프리츠의 파트너로 정해졌다. 내가 눈치챈 대로라면, 그녀의 활발한 천성은 애초 재단사 딸에게 향했던 프리츠의 관심을 곧 꺼지게 하려는 것 같았다.

나는 재단사의 딸을 내 짝으로 인정했기에 그녀의 아름다움과 우아함을 뜯어보게 되었다. 그리고 나무랄 데 없이 차려입은 그녀의 경쟁자 샤로테의 시선이 언뜻언뜻 머무는 곳으로 내 눈길이 갔다. 아름다운 소녀의 후원자인 시장 부인이 세심하게 마음을 쓰지 않았음을 알게 되었다. 장갑이 그녀의 가느다란 손에 비해 너무 컸던 것이다. 또 이미 한 번 세탁한 것이 분명했다.

다음날 학교에서 돌아오자마자 나는 서둘렀다. 옷장을 열고 양철 저금통을 꺼내 갈라진 틈 사이로 바닥에 깔린 빨간 천 말고도 딱딱한 주화를 힘들게 꺼낼 때까지 후벼파고 흔들어 댔다. 그런 다음 상점으로 달려갔다.

"흰 장갑 한 켤레 주세요!"

나는 억누르는 듯한 불안감으로 말했다.

점원은 당연히 내 손에 눈길을 주었다.

"6호?"

장갑이 든 상자를 탁자 위에 내려놓으며 그가 말했다.

"아뇨, 5호로 주세요!"

나는 기어 들어가는 목소리로 덧붙였다.

"5호라고? 안 맞을 텐데!"

그러면서 그는 장갑을 내 손 위에서 잡아 늘려볼 참이었다.

끓어오르는 듯 뜨거운 기운이 얼굴로 올라왔다.

"제가 낄 게 아니에요!"

나는 그런 일에 데리고 갈 누이가 없다는 것이 그 어느 때보다 원통했다. 하지만 곧 내 앞에 펼쳐져 있는 하얀 실크 리본이 달린 작은 장갑에 매료되었다. 나는 장갑을 사서 점포를 나온 뒤 곧 길에서 놀고 있는 소년을 불렀다.

“이걸 로레 보르가르한테 갖다 줄래? 시장님 사모님이 보냈다고 하면서 레슨 때에 쓰라고 해! 그리고 여기 구석에서 기다리고 있을 테니까 어떻게 됐는지 알려 줘.”

10분 뒤 소년이 다시 왔다.

“어떻게 됐어?”

“아줌마한테 드렸어.”

“아줌마가 뭐라고 하셔?”

“너무 많대. 오늘 아침에 벌써 한 켤레 보내지 않았느냐고 하시면서……”

'잘 됐다! 그럼 그애는 아무것도 눈치 못 채겠지.'

나는 안도감을 느꼈다.

다음 연습 시간에 로레는 새 장갑을 끼고 있었다. 그게 내가 준 것인지, 내 친구의 어머니가 준 것인지는 모르겠다. 하지만 장갑은 그애의 날씬한 손목에 맞춘 듯 꼭 맞았다. 그리고 이제 누구도 어두운 색 원피스를 입은 로레보다 더 고상해 보이지 않았다.

연습은 평탄하게 진행되었다. 마주르카를 연습하고 난 다음에 프리츠와 로레가 함께 추는 콘트라 댄스(역주: 불어 꽁뜨르 당스(Contredanse)의 독일어. 대무(對舞)) 차례가 되었다. 로레는 그러는 동안에도 다른 소녀들과의 관계는 별로 진전되지 않았다. 대신 나이가 제일 많고, 내 생각에 그애들 중에서 가장

똑똑했던 키다리 제니하고 이야기하며 앉아 있는 걸 몇 번 본 적은 있다. 그리고 둘 다 같은 방향이었으므로 함께 돌아가곤 했는데, 제니가 한 번은 재단사 딸의 팔짱을 끼는 걸 보았다.

늙은 선생님이 바이올린을 들고 수제자인 그녀에게 다가가 자신의 젊은 시절에 배운 이런저런 발레 동작을 선보일 때가 아니면 그녀는 휴식 시간에 대부분 혼자 있었다. 나는 종종 겉보기에도 그녀가 얼마나 무관심하게 늙은 선생의 말에 귀 기울이고, 가끔 선생을 향해 검은 눈을 치켜뜨거나 혹은 말없이 그가 하는 예술적인 동작을 넌지시 따라하는지 남몰래 훔쳐보았다. 하지만 우리가 줄을 맞추고 마에스트로가 바이올린을 켜기 시작하면 사정은 달랐다. 비록 그녀가 춤의 보조나 방향 회전 같은 것은 전혀 염두에 두지 않는 것처럼 보이고, 눈은 마치 동떨어진 먼 곳을 바라보며, 생각은 멀리 무아지경에 빠져 있어 보이는 와중에도 그녀의 입은 미소를 띠고 있었다. 작은 발은 소리 없이 힘들이지 않고 바닥 위를 미끄러지고 있었다. 그럴 때면 내가 회전할 때 손을 건네며 그녀에게 물었다.

"로레, 어디 갔다 왔니?"

"나?"

그러면서 그녀는 꿈에서 빠져나오는 듯, 검은 머리카락을 뒤로 쓸어 넘겼다. 그리고 또다시 선회하며 내 마음을 훔쳐갔

다.—지금도 나는 실러(역주: Friedrich Silcher, 독일의 작곡가)의
이국적인 민요 멜로디의 스페인 춤곡을 들을 때면 여전히 그
녀를 떠올리곤 한다.

약간 귀찮았던 것은—그것을 부인하고 싶지는 않다—레
슨 이후로 그 프랑스 재단사는 눈에 띌 정도의 호의로 나를
대했다는 것이다. 나와 마주치는 곳이라면 도로든 산책길이
든 나를 세워놓고 할 수 있는 한 큰소리로 긴 대화를 시작하
려 했다. 이미 첫 번째 만남에서 자신의 조부가 루이 16세 밑
에서 튀일레리앙(Tuilerien) 성의 화부였다고 들려주었다.

"그래요, 무슈 필립!"

그는 한숨을 쉬며 도자기로 만든 자신의 코담배 상자를 꺼
내 보였다.

"그렇게 한 가문이 몰락할 수도 있는 거예요! 하지만 우리
로레는……. 내 말 이해하시겠죠? 필립 군!"

그는 호주머니에서 화려한 체크 무늬 손수건을 꺼내더니
검은 눈동자의 작은 눈을 닦았다.

"어쩌겠어요! 나는 가난하지만, 그애는……. 그애는 내 보
석이고, 내 마음의 우상이랍니다!"

그러면서 그는 내게 눈을 깜빡거렸고, 아버지 같은 그런 눈
길을 보냈다. 마치 몰락한 가문에 나를 받아들이려는 작정인
것 같았다.

그러는 사이에 댄스 교습도 마무리될 단계에 이르렀다. 그
래서 작은 무도회를 열기로 했다. 우리가 춤추는 것을 보기
위해 부모들도 초대되었다. 우리 부모님 중에선 어머니만 참
석하셨는데, 아버지는 의사이자 지방 위생관이라는 직업 때
문에 사교 모임에는 참석할 짬이 없었다.

저녁이 될 무렵 나는 조바심이 나서 가만히 있을 수가 없었
다. 그래서 정해진 시간보다 훨씬 먼저 강당으로 들어섰다.
강당 벽에는 조명이 밝혀졌고, 샹들리에 가득 초가 타고 있었
다. 창가에는 로레 혼자서 등을 돌리고 서 있는 것이 보였다.
쾅 하고 닫히는 문소리에 그녀는 몸을 움찔했다. 내가 다가가
자 그녀는 서둘러 손목에서 금으로 된 장신구를 빼내려고 애
쓰고 있었다.

“잠깐 앉아 봐, 로레!”

내가 말했다.

“내 것이 아냐! 제니가 여기다 두고 갔어.”

당황해서 그녀가 대답했다.

윤기 없는 베네치아 풍의 금으로 된 섬세한 꽃무늬 팔찌가
가녀린 손목에서 빛나고 있었다.

“그냥 끼고 있는 게 좋겠는걸.”

내가 낮게 말했다.

로레가 슬픈 듯 고개를 저으며 다시 고리를 만지작거리기

시작했다.

"어디 봐. 그렇게 해서는 안 돼. 내가 도와줄게!"

내 손 안에서 가느다란 그녀의 손의 무게가 느껴졌다. 나는 잠시 망설였다. 내 눈은 마치 마법에 홀린 것 같았다.

"오, 제발 빨리 빼 줘!"

그녀가 부탁했다. 긴장하여 빨갛게 충혈된 눈의 소녀가 내 앞에 서 있었다.

마침내 이음쇠가 풀렸고, 로레는 창가 화분 사이에 금팔찌를 도로 갖다 두었다.

곧 홀이 꽉 찼다. 보르가르 부인도 자식의 명예로운 파티에 시중을 드는 사람으로서라도 기어코 참석하려 했다. 깨끗하게 새로 풀을 먹인 두건을 쓴 채 때로는 과자가 든 바구니를 들고, 때로는 커다란 접대용 쟁반을 가득 얹고서 손님들 사이를 이리저리 왔다 갔다 했다.

악사 네 명이 한 탁자에 둘러앉아서 연주를 시작했다. 나이 든 선생님이 바이올린 뚜껑을 톡톡 쳤고, 마주르카를 추기 위해 로레가 내게 손을 건넸다. 아, 그리고 우리는 얼마나 멋지게 춤을 추었던가! 그녀는 내 품안에 기대어 그 작은 발로 얼마나 바닥을 당당하게 굴러댔던가! 나 또한 음악의 리듬에 떠다니는 것처럼 매혹되었다. 그것은 고통스런 열정 같은 것이었다. 왜냐하면 우리는 어쩌면 마지막으로 함께 추는 것일지

도 몰랐기 때문이었다.

그제야 비로소 나는 로레가 밝은 꽃무늬의 모직 원피스를 입고 있는 것을 알아차렸다. 분명 그녀 후견인의 옷장에서 나온 것이었다. 왜냐하면 작년 겨울 시장 부인의 넓은 가슴과 구릿빛 뺨이 이 화려한 장미 꽃다발과 어울리지 않아 우스꽝스러운 유명세를 탔기 때문이었다. 하지만 이제 섬세한 무늬는 그 진가를 발휘했다. 소녀의 싱싱한 갈색 얼굴에 너무 잘 어울렸다.

마주르카가 끝났다. 로레는 검은 머리와 날씬한 팔을 거두었다. 나는 그녀를 자리로 이끌었다. 퇴장한 프리츠와 샤로테가 그 옆에 바짝 붙어 앉아 있었다. 동시에 보르가르 부인도 차와 과자를 들고 왔다. 그녀는 딸에게 말을 걸지 않았다. 그 고상한 숙녀 다음으로 딸에게 접대할 차례가 되자 그저 미소를 머금고 자랑스런 눈길만 보냈다. 샤로테는 그녀만의 거만한 시선으로 두 사람의 동정을 살피고 있었다.

"따님이 오늘따라 정말 예쁘군요, 보르가르 부인!"

찻잔에 설탕을 떨어뜨리며 그녀가 말했다.

칭찬을 받은 부인이 사람 좋게 몸을 숙였다.

"친절한 아가씨, 시장님 사모님께서 여러 가지로 돌보아 주신 거랍니다."

"아, 어쩐지! 그 장미 꽃다발!"

그리고 로레를 오랫동안 눈으로 훑어 내려갔다. 로레는 그 눈길에 맞서려다가 이내 눈을 떨구었다. 그녀의 뺨 위로 눈물이 몇 방울 흘러내리는 것을 보았다.

샤로테는 이것을 보지 못한 것 같았다. 그녀의 관심은 출입문 쪽의 구경꾼들에게로 향해 있었다. 그리고 그 속에서 프랑스 재단사의 누런 얼굴을 발견한 모양이었다. 그는 무척 만족스러운 표정이었다. 손에서 도자기 담배 케이스를 돌리며 기쁨이 넘치는 눈으로 홀 안을 둘러보고 있었다.

"저기 당신 아버지도 오셨군요, 로레 양?"

손가락으로 문을 가리키며 샤로테가 말했다.

로레가 그쪽으로 시선을 보낸 다음 몸을 움츠렸다.

"엄마!"

보르가르 부인도 생기 넘치는 얼굴로 안을 들여다보고 있는 남편을 알아보았다. 그러나 남편을 결코 달가워하지 않는 듯했다. 로레가 조그맣게 속삭이고는 바쁘게 움직이고 있던 부인의 팔을 무의식적으로 잡았다.

그러나 그녀는 정신을 가다듬으며 이렇게 말했다.

"술집에서 곧장 이리로 오신 모양이구나. 네가 춤추는 걸 꼭 한 번 보고 싶어 하셨단다."

로레는 문 쪽으로 걸어갔고, 무의식중에 나도 그녀를 뒤따랐다. 그러나 문 가까이로 가는 동안 벌써 시장님이 그녀의 아버지에게 다가가서 홀에서 펀치나 한 잔 들지 않겠냐고 권하고 있었다. 그러나 재단사는 요지부동이었다. 그는 고양이처럼 등을 구부려 한 걸음 더 뒤로 물러서며 말했다.

"친절하신 시장님! 제가 루드비히 16세의 궁정에서 일하시던 조부님이었더라면 몰라도……. 하지만 저는 제가 있을 자리를 잘 알고 있습죠."

시장이 가버리자, 프리츠가 문가에 서 있는 그에게로 잔을 가져다주었다. 그리고 마음씨 좋게 말했다.

"건배! 이제 로레하고 춤출 거예요! 그애가 춤을 좀 알죠."

그러나 그 순간 다른 소년들의 무리도 손에 꽉 채운 잔을 들고 다가왔다. 그들은 그와 건배를 했고, 그가 잔을 부딪힐 때마다 그들은 황송스러운 듯 등을 구부렸다. 한바탕 익살스런 인사치레가 오고 갔다.

로레는 꼼짝도 하지 않고 서서 아버지에게서 눈을 떼지 않았다. 그러나 나는 그녀가 이를 악무는 것을 알아보았다.

악사들이 다시 음을 맞추기 시작하자, 소년들은 홀 안으로 뛰어들어갔다. 나는 여전히 로레와 문가에 서 있었다.

"아, 필립 군!"

재단사가 내게 손을 건네며 소리쳤다.

"참으로 친절하고 매력적인 젊은 신사들이군요! 하지만 우리끼리 얘기지만, 당신과 로레, 로레와 당신이 제일 멋져요!"

그러면서 작은 눈을 들어 부드럽게 자식의 얼굴로 향했다. 마치 저항하기 힘든 충동에 사로잡힌 듯 긴 팔을 홀 안으로 뻗어 그녀를 자기 품으로 끌어들였다.

"내 사랑스런 딸, 내 보석!"

그러자 소녀는 아빠에게 입을 맞추고, 가냘픈 고개를 그의 어깨에 기대며 열정적이며 고통스러울 정도로 상냥하게 그의 목에 팔을 둘렀다. 하지만 그런 다음 팔을 풀고는 그의 손을 잡고 조용하면서도 파고들 듯 무슨 말을 했다. 나는 그들의 말을 알아듣지 못했다. 그러나 그녀의 눈이 애원하듯 그의 눈을 향하고 있으며, 때때로 그의 괴로움을 보상해 주려는 듯, 앙상한 그의 뺨을 그녀의 작은 손으로 쓰다듬었다. 처음에 그는 미소를 지으며 못 믿겠다는 듯 고개를 저었다. 그러나 차츰 그의 눈에서는 지금까지 그 자리를 고수하며 기쁨에 넘쳐 있던 표정이 사라졌다.

"안다니까, 알아. 네가 불쌍한 이 애비를 사랑한다는 거!"

그가 중얼거렸다. 그리고 음악이 콘트라댄스 곡을 연주하자, 그는 딸의 손을 쥐고는 홀에는 눈길도 주지 않고, 기다란 복도를 말없이 내려갔다.

그때 프리츠가 와서 자신의 파트너를 이끌었다. 두 사람은 여느 때처럼 자신감 있게 춤을 추었다. 그러나 샤로테가 이 춤을 추며 돌 때 보인 것은 여느 때의 꿈꾸는 듯한 표정이 아니라 오히려 엄숙한 표정에 가까웠다. 휴식 시간에는 윤기가 흐르는 검은 머리카락을 관자놀이 뒤로 쓸어 넘기며 화석처럼 꼿꼿하게 앞만 바라보고 있었다. 파트너의 농담도 들리지 않는 듯했다.

콘트라댄스를 끝으로 우리가 배우고 익힌 춤은 모두 선보였다. 하지만 우리들의 춤을 향한 욕구는 끝나지 않았다. 우리가 정한 순서에는 아직 왈츠, 쇼티셰(역주: 19세기 중엽 독일에 유행한 폴카와 비슷한 2박자의 활발한 윤무)와 갈로파드(역주: 2/4 박자의 빠른 춤곡인 갤럽에 맞추어 추는 춤)가 남아 있었다. 심지어 내가 로레를 생각해서 고른 리본과 싱싱한 꽃다발을 전할 수 있는 코티롱(역주: Kotillon 2, 4, 8명이 한 조가 되어 추는 활발한 프랑스의 군무)도 남아 있었다.

그러나 로레는 이제 홀 안에 없었다. 다른 소녀들은 어머니에게로 달려가 헝클어진 리본과 머리를 매만지고 있었다. 보르가르 부인이 새 음료수를 준비하여 막 들어섰다. 그녀도 딸을 보지 못한 듯했다. 그래서 나는 프리츠를 찾았다. 그는 악사들의 탁자 한 모퉁이에 서서 빈 잔들을 다시 가득 채우고 있었다.

"로레는?"

내가 물었다.

"몰라. 괴씸할 정도로 말을 안 하더라고! 어디 가는지도 가르쳐 주지 않던걸.”

그가 짜증스럽게 대답했다,

나는 그를 복도로 끌고 나왔다. 그리고 외투를 벗어 둔 방으로 가자 마침 그녀가 그 방에서 나왔다. 검은 비단 모자에 외투 차림이었다.

“로레!”

내가 외치며 그녀의 손을 잡으려 했다. 그러나 그녀는 손을 빼내며 우리를 지나쳐 갔다.

“내버려 둬. 집에 갈래!”

그녀가 짧게 말했다.

잠시 후 그녀는 거리로 향하는 육중한 문을 열어젖히고 밖으로 뛰쳐나가 쇠 난간을 잡고 돌계단을 내려갔다. 프리츠가 다가와 내 옆에 섰을 때 벌써 그녀는 어둠 속으로 사라져 그녀의 뒷모습만 잠시 보았을 뿐이었다.

“그냥 내버려 두자고! 아님 보쌈이라도 할 생각이야?”

프리츠가 말했다.

사실 그러고 싶은 마음이 간절했지만 어떻게 해야 하는지 그 방법을 몰랐다. 나는 홀로 돌아왔다. 대신 보르가르 부인이 집으로 달려갔다. 그러나 그녀 역시 아무런 소득 없이 다시 돌아왔다. 로레가 몸이 불편하여 이미 침대에 들었으며, 아버지가 곁을 지키고 있다고 말했다.

그날 저녁 나머지 시간은 내게 의미가 없는 것이었다. 로레와 추려고 생각했던 코티롱이 시작될 무렵 나는 조용히 빠져나와 우울하게 집으로 향했다.

호수에서

새해 첫날이 지났다. 나는 벌써 오래 전부터 반질반질 윤이 나는, 강철 날이 달린 내 네덜란드제 스케이트를 훔쳐보며 아직도 모서리가 뾰족한 구식 칼날을 쓰는 내 동기들에 대해 약간은 우쭐하는 기분을 즐기고 있었다. 그러나 본격적으로 얼음이 어는 것은 그 무렵부터였다.

어느 일요일 오후였다. 마을에서 그리 멀지 않은 뮈렌 호수의 얼음판이 거울처럼 빛나고 있었다. 그래서 마을 사람들 절반 정도가 야외에서 신선한 겨울 공기를 즐기고 있었다. 노인부터 어린아이들까지 스케이트 두 짝을 신거나 한 짝만 신고서, 심지어 발바닥 아래 송아지 뼈를 감고서 얼음을 지치고 있었다. 호숫가 근처에 천막이 세워지고 그 옆에서는 갖가지 따뜻한 음식을 끓이고 있는 솥이 흔들리는 불꽃 위에서 김을 내뿜고 있었다. 몸을 감싼 소녀를 태운 썰매가 여기저기 혼잡 속에서 빈 공간 위를 쏜살같이 달려나가는 것이 보였다. 그러나 모두 호수 가장자리를 맴돌고 있었다. 어쩐지 한가운데는 아직 불안해 보였다.

나는 강철 스케이트를 신고 호숫가를 따라 외롭게 달렸다. 되돌아왔을 때, 함께 춤을 배웠던 우리 무리들 거의 모두가 천막 옆에 모여 있는 것이 보였다. 성탄절에 선물 받은 새 외투를 입은 소녀들이 팔을 앞으로 뻗고는 이미 녹아서 매끄럽지 못한 얼음장을 시험해 보듯 썰매를 타고 있었다. 전날 저녁에 사슴 머리가 조각된 자신의 노란 썰매를 이미 물레방앗간에 가져다 두었던 프리츠는 방금 샤로테 양을 태우고 돌아오는 길이었다. 그러자 우리의 춤 파트너 중 다른 한 명이 화려한 호랑이 가죽 천막 아래 벌써 자리를 잡고 앉아 있었다. 프리츠는 두리번거리며 숙녀들 접대를 도울 친구를 찾아 둘러보고 있었다. 하지만 나는 슬쩍 방향을 바꾸었다. 왜냐하면 공원(公員)들처럼 보이는 소녀들 무리에서 로레 보르가르를 보았기 때문이었다.

마지막 춤을 추었던 그날 저녁 이후로 나는 그녀와 다시 만나지 못했다. 소녀들은 우리 집 목공 견습생에게 차례대로 가벼운 썰매를 밀게 하고 있었다. 나는 그것이 옛날 소꿉친구 크리스토프의 썰매임을 바로 알아보았다. 그의 여동생도 보였다. 그러나 그는 보이지 않았다. 아마 얼음판의 광채가 호수 위로 계속해서 그를 꾀어내 호수 가운데까지 끌고 갔을 것이다. 우리 마을 소년들 중에서는 그가 스케이트를 가장 잘 탔다.

나는 어떻게 하면 가장 자연스럽게 로레에게 다가갈 수 있을까 궁리하며 한동안 얼음판 위를 빙빙 돌았다. 그러나 내가 다가가기만 하면 그녀는 매번 의식적으로 피했고, 다른 사람들 속에 묻혀 버렸다. 견습공이 한 차례 돌고 방금 돌아와 외쳤다.

"이제 로레 차례야!"

그러나 로레는 타려고 하지 않았다.

"바르텔, 우선 뭘 좀 마시는 게 좋겠어!"

그러면서 그녀가 소년의 손에 무언가를 쥐어 주었다.

이 말을 듣자마자 괜찮은 계획이 하나 떠올랐다. 모든 것이 나와는 전혀 상관없다는 듯 가능한 빨리 천막으로 달려갔다. 바로 그 앞에서 프리츠의 어머니가 불렀다.

"필립, 아직도 로레를 붙잡고 싶니? 그럼 저쪽으로 가야지!"

그녀가 놀리는 듯 말하며 엄지손가락으로 내가 방금 나온 옆을 가리켰다.

"당연히 다시 붙잡아야죠!"

나는 미끄러지듯 지나쳐 달려갔다.

“그래, 하지만 그 아인 어린 애송이들하곤 더 이상 어울리지 않을걸!”

나는 그 소리를 귓전으로 흘리고 이미 커다란 천막 앞에 서 있었다. 그리고 곧 바르텔이 다가왔다. 나는 수중에 지니고 있던 현금을 모두 털어 펀치 한 잔과 소시지를 끼운 빵을 그를 위해 준비해 놓고 있었다.

“이것 먹어. 여자애들 땜에 많이 힘들지?”

그의 앞으로 음식을 밀어놓으며 말했다.

그가 어찌나 맛있게 먹어대는지 그를 매수하려는 내 의도는 쉽게 이루어질 것 같았다.

“그래서 말인데 바르텔, 내가 너랑 한 번 교대해 주면 어떨까 해서……”

그는 이마의 땀을 손으로 훔치며 말없이 먹기만 했다. 내가 그에게 내 계획을 자세히 설명하는 동안, 그냥 가끔 내 말을 이해했다는 듯 고개만 까딱거렸다. 그리고 식사가 끝나자, 그는 무리로 다시 돌아갔다. 곧 로레가 검은 모피 모자를 머리에 쓰고 방한용 털토시에 손을 끼운 채 썰매에 앉아 있는 것을 보았다. 바르텔은 천천히 밀었고, 호수 가장자리를 따라 느릿느릿 돌았다. 그들이 혼잡한 사람들 속에서 빠져나가자, 나는 매끈한 내 스케이트로 소리 없이 그 뒤를 따라갔다. 몇 번의 눈짓이 오간 뒤 내가 썰매 손잡이에 손을 올렸고, 그는

살짝 뒤로 빠졌다. 나는 환호성을 지르고 싶었지만 이를 악물었다. 그리고 날개를 단 듯 가벼운 썰매를 반짝이는 얼음 위로 밀고 나갔다.

"와, 바르텔! 진짜로 나는 것 같아!"

로레가 말했다.

나는 잠시 멈추었다. 탄로날까 봐 겁나서 가능하면 바르텔의 녹슨 스케이트가 긁히는 소리를 제대로 따라하려고 노력하기까지 했다. 그러나 내 걱정은 기우(祈雨)였다. 로레는 손을 토시에 더 깊숙이 밀어 넣은 채 기분 좋게 뒤로 몸을 기댔기 때문이다. 그녀의 털모자가 거의 내 팔에 닿을 정도였다.

"그냥 그렇게 계속 가, 바르텔!"

그녀가 말했다. 그리고 나는 그녀가 두 번 말하게 하지 않았다.

우리는 여느 사람들이 스케이트를 타지 않는 구역까지 나와 있었다. 바람 한 점 없었다. 호숫가를 빙 둘러 자란, 흰 서리가 내린 갈대가 비스듬히 떨어지는 햇살을 받아 눈부시게 반짝이고 있었다. 우리는 계속 나아갔다. 아래를 내려다보니 속이 들여다보이는 얼음장 아래로 뱀 같은 수초가 보이기도 했다.

호수 한복판이 나를 유혹했다. 나는 눈치채지 못하도록 썰매를 돌렸다. 호숫가와 우리를 갈라놓는 공간이 점점 더 커져

갔다. 한참 후 뒤를 돌아보자 갈대가 반사하는 흐릿한 빛만으로 그곳이 기슭인지 구별할 수 있을 정도였다. 어두운 호수 표면이 반대쪽 호숫가까지 비밀스럽게 뻗쳐 있어서, 단단하게 지탱하는 얼음판인지 혹은 물이 고여 흐르지 않는 것인지 거의 분간할 수 없었다. 마침내 한가운데에 이르렀다. 사람들이 지나다닌 흔적이 전혀 없었다. 썰매는 길을 잃은 듯 검은 수면 위를 돌고 있었다. 얼음 아래로 어떤 수중식물도 보이지 않았다. 호수 밑바닥을 알 수 없을 정도로 깊기 때문이었다. 단지 가끔씩 우리 발밑으로 무언가가 휙 스쳐 지나가는 것 같았다. 어쩌면 그건 호수가 제물을 원할 때 위로 솟아오른다는 송장물고기가 아닐까 하는 생각이 들었다. 만약 얼음이 깨진다면? 나는 사랑스런 소녀를 삼켜 버릴지도 모를 검은 표면을 노려보았다.

썰매는 계속 앞으로 달렸다. 호수와 언덕 사이가 좁아져 가느다란 개천으로 만나는 곳이 눈에 들어왔다. 그곳에 놓인 다리는 그림자처럼 회색 공기 속에 서 있었다.

"돌아가, 바르텔! 추워!"

로레가 말했다.

나는 상관하지 않았다. 이제 그녀가 돌아본다한들 어쩔 수 없는 일이라는 생각이 들었다. 나는 더욱더 앞으로 밀고 나갔다. 차라리 그녀가 돌아봐 주기를 조바심내고 있었는지도 모른다. 그러나 그녀는 자신이 한 말을 잊은 것 같았다. 왜냐하면 말없이 고개를 움츠리고 외투로 몸을 더 단단히 감쌌기 때문이었다. 썰매는 계속 달렸다. 나는 이따금 발밑으로 낮은 파동을 감지했다. 그녀가 타고 있는 썰매 무게 때문에 얇은 얼음판이 솟았다 가라앉았다 하는 것 같았다. 그러나 나는 두렵지 않았다. 꽁꽁 언 얼음에 대해서 나는 누구보다 잘 알고 있었으니까.

짧은 겨울날의 오후가 거의 저물어가고 있었다. 태양은 빨간 불덩이가 되어 벌써 지평선 가장자리에 몸을 담그고 있었다. 날씨가 매서워지고 얼음 색이 짙어지며 쩡쩡 울렸다. 이 요란한 소리는 이 기슭에서 저 기슭으로 메아리쳤고, 어두워지는 얼음판 위로 번져갔다.

로레는 뒤로 몸을 젖히고는 비명을 질렀다.

"놀라지 마! 저녁 바람 소리일 뿐이야."

내가 낮은 목소리로 말했다.

그녀는 몸을 돌리고 혼란스러운 듯 나를 응시하더니 소리쳤다.

"너! 여기서 뭐하는 거야?"

"로레, 그렇게 무서운 눈으로 보지 마!"

나는 그녀의 손을 잡으려 했으나 그녀가 뿌리쳤다.

"바르텔은 어딨어?"

"호숫가에 남아 있어. 내가 널 여기까지 밀고 온 거야."

그녀가 몸을 일으켜 세웠다. 두 눈에 눈물이 그렁그렁했다.

"내릴래!"

나는 그녀의 말을 듣지 못한 척했다. 그리고 썰매를 마을 쪽으로 돌렸다.

"로레, 내가 너한테 뭘 어떻게 잘못했니?"

그러나 그녀는 동그랗게 말아 쥔 작은 주먹으로 내 가슴을 밀쳤다.

"고상한 네 숙녀들한테나 가 버려! 너희들하고는 더 어울리고 싶지 않아. 너희들 중 그 누구하고도!"

갑자기 분노 같은 것이 차올랐다. 나는 그녀를 두 팔로 잡아 거칠게 썰매에 앉혔다.

"조용히 해, 로레!"

내 목소리가 떨려 나왔다.

"그렇지 않으면 또다시 썰매를 돌려서 밤새도록 멀리 밀고 나갈 거야. 다리 밑을 지나고 강이 끝나는 데까지. 얼음이야 깨지든 말든 상관없어!"

그녀는 그동안 내 말에는 거의 신경 쓰지 않는 듯, 옆쪽 호수 너머를 흘낏흘낏 쳐다보았다. 그러나 그녀는 썰매에 그대로 앉아 있었고, 내가 밀고 가도록 조용히 내버려 두었다. 그녀가 곧 다시 옆쪽을 향해 눈길을 돌리는 게 눈에 들어왔다.

그래서 나도 그쪽으로 고개를 돌렸다. 누군가 스케이트를 탄 채 그리 멀지 않은 거리에서 우리를 따라잡으려 하는 것이 보였다. 방금 있었던 일을 그가 눈치챈 게 틀림없었다. 어떻게든 썰매를 따라잡으려고 전력을 쏟고 있었다.

나는 그가 누구인지 알 수 있었다. 크리스토프였다. 내 옛 소꿉친구, 라틴 어 학교 학생들 최대의 적. 이제 무슨 일이 벌어질지 불 보듯 뻔한 일이었다. 우리 중 누가 더 빠른가에 따라 결과는 달라질 것이다.

"어디 계속 가 봐! 크리스토프가 널 잡고 말 테니까!"

그녀는 검은 머리가 드러날 정도로 모자를 뒤로 젖히며 말했다.

나는 대답할 수가 없었다. 지금까지 그 어느 때보다 더 빨리 썰매를 앞으로 밀었다. 그러나 곧 숨이 찼고, 기력이 떨어지기 시작했다. 추격자는 점점 더 가까이 다가오고 있었다. 쉬지 않고 묵묵히 그는 우리 뒤를 쫓아왔다. 그러다 갑자기 내 옆에서 그의 스케이트가 얼음 위에서 날카롭게 정지하는 소리가 들렸다. 그리고 투박한 손이 썰매 팔걸이 위의 내 손을 스쳤다.

"내가 도와 줄게. 필립!"

그가 다른 손으로 내 가슴을 움켜쥐며 소리쳤다.

내가 그의 손을 뿌리치고 썰매를 계속 지쳐 앞으로 나가려

했다. 그러나 동시에 나는 주먹을 얻어맞고는 얼음판 위로 뒤통수를 부딪치며 넘어졌다. 썰매 미끄러지는 소리가 희미하게 들렸다. 그런 다음 나는 까무룩 정신을 잃었다.

그래도 그 상황이 그리 오래 가지는 않았다. 나중에 그에게서 들은 바에 따르면, 크리스토프가 곧 내 쪽을 돌아보았고, 내가 뒤따라오지 않는 것을 보자 우리가 싸운 장소로 돌아왔다. 두 사람은 당황해서 로레가 내린 다음 썰매에 나를 실었다. 나는 모든 것에 대해 그저 캄캄한 느낌만 들었었다. 마치 꿈속에서 깨어 있는 것 같았다. 이따금 그들이 나누는 대화가 단편적으로 들리기도 했다.

"하지만 외투는 입고 있어, 로레!"

크리스토프의 목소리였다.

"아니야, 난 필요 없어. 뛰고 있잖아."

그리고 동시에 무언가 따뜻한 것이 나를 내리누르는 것을 느꼈다. 썰매가 천천히 앞으로 나아갔다. 그런 다음 다시 의식이 몽롱해졌다. 하지만 내겐, 마치 낮은 흐느낌이 내 옆에서 계속되는 것 같았다.

내가 의식을 되찾으며 깨어난 곳은 호수 기슭에 살고 있던 물레방앗간 주인의 거실 소파에서였다. 로레는 그녀를 데리러 온 어머니와 함께 집으로 돌아갔다고 했다. 하지만 크리스토프는 남아 있었고, 방앗간 주인 아내의 충고대로 내 이마에 젖은 수건을 올리는 일을 하고 있었다. 내가 눈을 뜨자, 그는 내 옆에 있는 의자에 앉아 점토로 만든 그릇을 무릎에 올려놓고 있었다. 그는 마로 짠 수건을 새로 갈려던 참이었다. 그는 슬그머니 손을 뒤로 빼고는 수줍게 물었다.

"내가 도와줘도 되겠지, 필립?"

나는 똑바로 앉아서 생각을 집중하려 애썼다. 머리가 지끈지끈 아파왔다.

"아니, 네 도움 따위 필요 없어."

"시내로 가서 누구 데려올까?"

"그냥 가. 혼자서도 집에 갈 수 있으니까."

크리스토프는 머뭇거리며 일어서서 탁자 위에 그릇을 내려놓았다.

그런 다음 곧 방문이 삐걱거렸다. 그는 문고리를 잡고 있었다. 하지만 그는 가지 않았다.

내가 몸을 돌리자, 진심으로 슬픈 표정이 담긴 옛 친구의 눈이 나를 향하고 있는 것을 보았다.

나는 잠시 주저하고 있었다.

"크리스토프!"

나는 이윽고 일어서며 그에게 손을 내밀었다.

"시간 있으면, 잠시만 내 곁에 있어 줘. 조금만 부축해 주면, 시내로 같이 갈 수 있을 거야."

기쁨의 빛줄기가 번개처럼 그의 얼굴 위로 퍼져갔다. 그가 내 손을 쥐고 흔들었다.

"창피스런 일격이었어, 필립!"

그가 말했다.

반 시간 뒤 완전히 어두워져서야 우리는 천천히 걸어서 시내로 돌아왔다.

그러나 그 일은 그렇게 쉽게 지나가지 않았다. 다음날 아침 나는 침대에서 일어날 수가 없었고, 부모님께 얼음판 위에서 넘어졌음을 고백했다.

그 다음날 저녁 거의 회복이 되자, 어머니가 사탕나무로 만든 필통을 내 앞 탁자 위에 올려놓으셨다.

"크리스토프 베르너가 가지고 왔더라. 그애가 널 위해 직접 만들었다고 하더구나."

필통은 작고 섬세하게 만든 것이었다. 심지어 뚜껑에 작은 그림도 조각되어 있었다.

"그애가 네 상태도 물어보던데? 그럼 이제 너희들 옛 우정에 도장을 새로 찍은 거냐?"

어머니가 물었다.

"도장을 찍었냐구요, 어머니? 좋을 대로 생각하세요."

미소를 지으며 내가 말했다.

그리고 어머니는 사소한 모험담을 내가 몽땅 털어놓을 때

까지 수많은 질문과 애정 어린 비난을 멈추지 않으셨다. 그러
나 어머니가 말한 대로 라틴 어 학교 학생과 목수 도제 사이
에 새로이 우정이 싹텄다. 그때부터 일주일에 두 번씩 노련한
늙은 목수 베르너의 지도 아래, 수작업의 기초나마 배울 심산
으로 그의 작업실에 규칙적으로 나갔다.

성의 정원에서

저기 지저귀는 개똥지빠귀
내 마음을 흔드는 봄,
생명은 대지에서 솟아나
부드럽게 어루만지는 것을 느낄 수 있네.
인생은 꿈처럼 흘러가고
나는 꽃잎인 양 나무인 양 느껴진다네.

봄이 되었다. 가끔 한 마리씩 우리 쪽으로 잘못 날아오긴
했지만 나이팅게일이 봄을 전해 준 것은 아니었다. 해안에 부
는 북서풍에 쫓겨 곧 날아가 버렸지만 그래도 봄이었다. 그러
나 도시를 보호하는, 두 거리의 모서리에 자리한 오래된 성의

정원 가로수에서 개똥지빠귀가 지저귀고 있었다. 그 성의 정문 맞은편, 넓은 시장 거리 정원 뒤 잔디밭에 어제부터 회전목마가 설치되었다. 봄이 되자 일 년에 한 번씩, 일주일 동안 계속되는 장이 섰기 때문이었다. 아코디언 악사들이 찾아왔고, 하프를 연주하는 처녀들도 몰려왔다. 빨간 모자를 쓴 우리 학생들도 팔짱을 끼고 시장을 기웃거렸다. 여느 때 우리 동네에선 보기 힘든 동양적인 아가씨들의 시선을 사로잡기 위해서였다. 다른 학교들처럼 우리 라틴 어 학교도 장이 열리는 동안 당연히 방학이었다.

나 역시 이 축제를 한껏 즐기고 있었다. 특히 얼마 전부터 최상급반이 되었고, 따라서 빨간 모자 말고도 특별히 맞춘 검은 제복을 입기 때문이기도 했다. 이제는 놀기 좋아하는 친구들이 음악과 춤을 즐기던, 불 켜진 시청 지하 술집 계단 입구에 저녁마다 부러운 눈길로 서 있을 필요도 없었다. 원하면 직접 내려가서 상대가 누구든 낯선 소녀들과 춤을 출 수도 있었다.

그러나 바로 그 시기에 나는 가끔씩 혼자 들판으로 나가서 돌아다니는 것을 좋아했다. 그곳에는 기쁨이 있었고, 나는 언제라도 원하면 그들에게 갈 수 있다는 확신이 있었으므로 이 모든 멋진 것들을 뒤에 남겨 놓은 채 혼자가 되어 즐겼던 것이다.

그날 역시 그랬다. 저명한 곤충학자인 아버지의 도움으로 나는 몇 년 전부터 나비 수집을 열심히 해오고 있었다. 식사를 마친 뒤 내 방에 가서 벌써 벽에 세 개나 걸려 있는 유리 상자 앞에 섰다. 오후의 햇살이 아르고스 나비의 푸른 날개 위로, 상복 같은 외피의 갈색 벨벳 날개에 유혹하듯 빛나고 있었다. 내가 찾아 헤매고 있는 딸기나비를 잡고 싶은 욕구가 다시 강하게 일었다. 왜냐하면 한적한 숲속을 사랑하고 햇볕이 드는 관목에서 즐겨 쉬는 이 아름다운 올리브 갈색의 작은 여름나비는 나무가 없는 우리 지역에서는 희귀종이기 때문이었다. 나는 패랭이꽃이 달린 채집망을 집어들었다. 그런 다음 내려가서 어머니에게 흰 빵과 포도주와 물을 채워 달라고 부탁했다. 그렇게 무장한 다음, 나는 곧 회전목마가 있는 성 정원 쪽으로 천천히 걸어갔다.

정원의 가로수 길은 벌써 어린잎으로 그늘을 이루고 있었다. 그곳을 지나 정문 건너편에 놓인 문을 통과하여 탁 트인 들판으로 나갔다. 지난밤에 비가 내려 공기는 적당히 상쾌하고 맑았다. 건너편 지평선 끝에서 풍차 날개가 돌아가는 것이 보였다.

길은 성의 정원 바깥쪽을 끼고 돌아 밭 사이의 오솔길로 이어지다가 햇살이 내리쬐는 넓은 들판으로 나가게 되어 있었다. 눈이 닿는 곳마다 토지를 에워싸고 있는 모래와 돌로 된

제방 위에는 드문드문 야생 들장미 덤불이나 다른 관목이 서 있었다. 그러나 아침 일찍 바닷바람이 거침없이 불어오는 탓에 나무의 새싹은 거의 돋아나지 않았다.

나는 유유자적한 기분으로 계속 거닐었다. 먼 곳을 바라보느라 길가의 잡초와 붉은 모시풀 사이로 한들한들 날아다니는 것을 지나쳐 버리면서.

그러는 사이에 어느덧 오후 반나절이 흘러갔다. 풍차가 있는 저수지 물가 풀밭에 앉아 소박한 간식을 먹을 때 시내에서 4시를 알리는 종소리가 들려왔다. 서늘한 바람이 내 발치의 검푸른 수면에서 불어왔다. 잔잔한 물결이 일고 있는 호수를 바라보며 나는 잠시 감상에 젖었다. 로레가 내게 외투를 덮어 주었으며, 그곳엔 썰매도 있었지……. 호수에서 그 지점을 찾아보았으나 일렁이는 물결 때문에 짐작도 할 수 없었다.

하지만 나는 딸기나비를 잡으러 오지 않았던가! 주변 멀리까지 수풀도 없고 바람을 막아 줄 만한 것도 없는 이곳에 나비가 있을 리 없었다. 나는 몇 년 전 동네 형과 함께 새를 잡으러 다녔던 다른 장소를 떠올렸다. 그곳은 목장의 언덕마다 산사나무와 개암나무가 자라고 있었고, 가시덤불엔 뒤영벌이 매달려 있었다. 떼까치들이 한 짓이 틀림없었다. 우리는 곧 새들이 직접 울타리에서 날아오르는 것도 보았고, 빽빽한 잎 사이에서 갈색 반점의 알이 있는 둥지도 발견했다. 어쩌면 덤

불이 비밀스럽게 지켜주는 그곳에 희귀한 여름새의 왕국이 있을지도! 그때 함께 갔던 형은 그 구역을 '지에트란트' 라고 불렀는데, 아마 저지대라는 의미였을 것이다. 그러나 그 지에트란트가 어디였더라? 오늘처럼 시 밖으로 나갔고, 시에서 1마일 정도 떨어진 곳에서 시작되는 넓은 황무지에서 멀지 않은 곳에 있었다는 것밖에는 생각이 나지 않았다.

몇 번 골똘히 생각해 본 뒤 나는 바닥에서 채집망을 집어들고 일어섰다. 언덕과 언덕 사이의 좁다란 골짜기를 지나 저 멀리 평원이 한눈에 내려다보이는 곳까지 올라갔다. 하지만 쨍쨍한 봄 햇살에 빛나고 있는, 민둥산의 편편한 모래 제방 말고는 벌판과 벌판 사이에 아무것도 볼 수 없었다.

그러다가 마침내 벌판 가장자리에 흔하게 모여 있는 집채들 뒤로 숲 같은 덤불로 보이는 것을 발견했다. 그곳까지는 적어도 반 시간 정도는 걸릴 듯한 거리였다. 하지만 나는 걷고 싶은 기분이었기에 기운차게 그곳으로 발걸음을 옮겼다. 여기저기 노랑나비나 흰 버섯나비가 길 위로 날아올랐다. 회색 범나비들도 풀밭 위로 날아다녔으나 내가 잡고자 하는 딸기나비는 보이지 않았다.

그러나 저지대 근처로 들어선 게 틀림없었다. 바람이 잠잠해졌고, 또 빽빽한 산사나무 울타리 사이를 벌써 한참 동안 걷고 있었기 때문이었다. 미풍이 불어올 때면 어디선가 향긋

한 냄새를 실어왔다. 길 옆으로 무성한 덤불이 시야를 가리고 있어서 그 너머를 볼 수는 없었다. 그때 갑자기 오른쪽에서 제방이 다시 솟아올랐다. 그리고 내 앞에 구릉지 같은 작은 황무지가 나타났다. 나무딸기 넝쿨과 월귤나무 덤불이 여기저기 땅을 덮고 있었다. 그런데 검은 웅덩이 복판에 날씬한 나무 한 그루가 너무도 환한 햇볕을 받으며 홀로 서 있었다. 나무를 완전히 뒤덮고 있는 눈부신 어린 초록 잎사귀 사이로 가녀린 하얀 꽃송이가 얼굴을 내밀고 있었다. 나무 꼭대기에서 들리는 꿀벌의 쉴 새 없는 윙윙거림은 마치 하프 소리처럼 들렸다. 시내에 있는 정원이나 멀리 떨어진 숲에서도 그런 비슷한 나무를 한 번도 본 적이 없었다. 나는 경이로운 눈빛으로 그 나무를 바라보았다. 나무는 마치 기적처럼 정적 속에 그렇게 서 있었다.

　좀더 다가가자 메마른 밭이 이어지더니 다시 끝없는 황야가 펼쳐졌다. 지평선 끝 경계선은 허공에서 떨고 있었다. 내 눈이 닿는 안에서는 사람 하나, 동물 한 마리 볼 수 없었다. 나는 그 웅덩이 옆 아름다운 나무의 그늘 아래 누웠다. 혼자 즐기는 이 여유로움이 너무도 달콤하고 은밀한 감정이 되어 몰려왔다. 멀리서 종달새의 노랫소리가 꿈꾸듯 들려왔다. 머리 위 꽃에서는 꿀벌들이 소란스럽게 윙윙거렸다. 이따금 바람이 불어 향기로운 냄새가 구름처럼 피어올랐다. 그것 말고는 세상이 정적에 잠긴 듯 고요했다. 웅덩이 주위로 나비가 나는 것이 보였다. 그러나 나는 개의치 않았다. 채집망은 하릴없이 내 옆에 놓여 있었다. 나는 얼마 전 본 그림을 떠올렸다. 끝없는 황야에 젊은 양치기가 지팡이에 몸을 기대고 서 있는 그림이었다. 천지창조를 떠올릴 때 으레 우리가 상상하듯, 거친 동물가죽 앞치마를 허리에 두른 채 발아래를 내려다보고 있었다. 그의 시선이 머무는 곳에는 아름다운 소녀가 크고 검은 눈을 들어 축복 받은 평온함 속에서 동트는 새벽의 고독을 내다보고 있었다. 그 그림 아래에 '세상에 홀로' 라고 적혀 있었다. 나는 눈을 감았다. 마치 이 두 존재가 텅 빈 공간에서 내게로 다가오는 것 같았다. 그들과 함께라면 모든 욕망이 사라지고, 싹트는 모든 그리움이 해소될 것 같았다. 로레! 나는 기분 좋게 속삭이며 허공을 향해 팔을 뻗었다.

그러는 사이에 해가 가라앉았고, 석양이 벌판을 비추고 있었다. 나무는 조용했다. 꿀벌들이 보금자리를 찾아 나무를 떠난 것이다. 나도 이제 집으로 돌아갈 시간이었다. 채집망을 찾아들었다. 하지만 어린아이들 장난감 같은 이것이 이제 나와 무슨 상관이 있단 말인가? 나는 내가 할 수 있는 한 높이 뛰어올라 빽빽한 나뭇가지 사이에 채집망을 걸었다. 그런 다음, 재단사 딸의 아름다운 모습을 눈에 담은 채 천천히 귀로에 올랐다.

성을 나설 때쯤 어스름이 몰려왔다. 건너편 회전목마에는 벌써 램프 불이 켜져 있었다. 아코디언 소리, 웃음소리, 사람들의 웅성거림이 내가 있는 쪽까지 생생하게 울려왔다. 그 사이사이 목마의 쇠고리가 맞물려서 내는 쇳소리도 들렸다. 나는 걸음을 멈추고 그곳을 둘러싸고 있는 보리수나무 사이로 내다보았다. 회전목마는 한창 도는 중이었다. 좌석이 거의 차 보였다. 그리고 남녀노소 할 것 없이 많은 구경꾼들이 빙 둘러서서 서로 밀치고 있었다. 그러나 목마의 움직임이 차츰 느려지면서 초록 나뭇잎 사이로 한 사람 한 사람의 얼굴이 선명하게 드러났다.

나도 모르는 사이에 무심코 가까이 다가가서 빙 둘러 쳐져 있던 철조망까지 헤치고 나갔다. 그곳 갈색 목마에 앉아 있는 소녀는 내 친구 크리스토프의 여동생이었다. 그러나 그 뒤에 더 고운 소녀가 나무 말 위에 약간 비스듬하게 앉아 있었다. 그리고 천천히 내게로 가까이 다가오고 있었다. 그녀는 고개를 돌리고 미소를 머금은 채 주위를 둘러보았다. 바로 로레였다. 나는 너무 놀라서 사지가 마비되는 듯했다. 그녀 역시 나를 알아보았다. 당황한 듯 그녀의 눈은 몇 초 정도 내 눈에 머물렀다. 그런 다음 옆으로 몸을 숙이고는 뭔가 바쁜 듯 옷매무새를 가다듬는 척했다. 그녀가 작은 주먹으로 쥐고 있는 강철 손잡이에는 고리가 끝까지 차 있었다.

회전목마 주인이 새로운 사람들을 모으기 위해 다가섰다. 그녀는 일어서서 강철봉을 그에게 내밀었다.

"이번에는 공짜예요."

그녀가 그것을 뒤집어 남자의 손에 고리를 떨어뜨리며 말했다.

그는 고개를 끄덕인 다음 한 무리의 아이들이 좋은 자리를 차지하려고 다투고 있는 곳으로 갔다. 나는 로레 쪽을 돌아보았다. 크리스토프의 여동생이 로레 옆에 서 있었다. 하지만 그녀는 내 쪽으로 등을 돌리고 있어 나를 알아보지 못한 것 같았다.

"같이 가자, 로레? 나 이제 집에 가야 돼."

그녀가 로레를 향해 재촉했다.

로레는 금방 대답하지 않았다. 그녀는 주저하는 눈빛으로 나를 바라보고 있었다. 나는 꼼짝할 수가 없었다. 그러나 내 눈은 그녀의 눈에 대답하고 있었다. 그리고 나도 거의 알아들을 수 없을 정도로 입술을 달싹였다.

'가지 마!'

크리스토프의 여동생이 걱정스러운 듯 다그쳤다.

"말 좀 해 봐! 벌써 8시를 쳤단 말이야."

로레는 떼었던 말 등자(鐙子)에 작은 발을 다시 끼우고, 눈은 나를 향한 채 대답했다.

"더 있다 갈게. 계속 타도 된단 말이야! 어쩌면 우리 엄마도 여기 오실지 몰라!"

거짓말이라고 느껴졌다. 순간 끓는 듯 뜨거운 피가 얼굴 위로 치솟았고 귀가 윙윙거렸다. 저 앙증맞은 거짓말쟁이가 갑자기 비밀의 베일을 우리 둘에게 드리운 것이다. 그토록 황홀한 승낙을 받아낸 것은 내 인생에서 처음이었다. 지금까지도 나는, 세상에 그런 게 어떻게 가능했는지 간혹 생각해 보기도 한다.

크리스토프의 여동생이 멀어져 갔다. 다시 연주가 시작되었고, 늙은 말 위로 채찍이 날아갔다. 그 사이 대부분의 좌석을 채운 사람들의 환호성 속에 회전목마는 다시 움직이기 시작했다. 로레가 나를 향해 돌아보았다. 말안장 단추에 봉을 박아두고는 생각에 잠긴 듯, 손을 무릎 위에 포갠 채 앉아 있었다. 그녀의 목에 두른 빨간 스카프가 바람에 날리고 있었다. 점점 빨라지는 회전 속에서 그 가벼운 모습이 내 옆을 스쳐 지나갔다. 그녀의 눈빛을 채 느끼기도 전에 그녀는 벌써 멀어져 갔고, 그녀가 입은 밝은 색 원피스만이 흐릿한 램프 조명 속에서 도망치듯 몇 번 나타났다가 사라졌다. 갑자기 어디선가 요란한 소리가 났다. 자리에 앉아 있던 소녀들이 비명을 질렀고, 회전목마가 멈추었다.

"손님 여러분, 그대로 앉아 계십시오."

목마 주인이 목마를 살펴보기 위해 조수와 함께 대들보 위로 올라가며 소리쳤다. 이어서 전등 하나가 아래로 내려왔고, 망치질이 시작되었다. 그러나 금방 수리되는 것 같아 보이지는 않았다. 그 시간이 내겐 참을 수 없을 정도로 길게 느껴졌다. 내 눈은 그녀를 찾아 헤맸다. 나는 못 박힌 듯 꼼짝 못하고 있던 군중들 틈에서 빠져나와 밖에서 건너편 쪽으로 갔다. 내가 사정도 하고 강제로 밀기도 해서 장애물을 빠져나오자, 나는 그녀의 곁에 아주 가까이 서 있었다. 그녀는 목마에서 내려서 무언가를 찾는 듯 주위를 둘러보고 있었다.

얼마 뒤에 그녀는 장난치듯 손에 쥐고 있던 봉을 다시 말안장 구멍에 꽂고는 뛰어내리려고 했다. 그녀가 원피스를 말아 쥐는 사이에 나는 빙 둘러서 있던 원을 빠져나왔다.

"안녕, 로레!"

"안녕!"

그녀가 낮은 목소리로 말했다.

청년들이 큰소리로 요금 환불을 요구하는 동안, 나는 그녀의 손을 잡아 빈 곳으로 끌어냈다. 하지만 내 대담함은 여기까지였다. 로레가 내 손에서 손을 빼냈다. 그리고 우리는 쑥스러워하며 말없이 거리를 걸어갔다. 도로 끝에 그녀의 집이 있었다. 성 입구에 도달했을 때, 도로 쪽에서 사람들이 우리 쪽으로 다가오고 있었다. 그 속에서 나는 주책없이 떠들어대

는 몇몇 동급생들의 목소리를 알아들었다. 우리는 무의식적
으로 멈추어 섰다.

"성 뜰을 지나서 가자!"

내가 말했다.

"너무 멀어!"

"아, 그렇게 멀진 않아!"

그래서 우리는 입구를 지나 가시 울타리 사이에 있는 폭이
넓은 길로 내려섰다. 그 길은 나지막한 가시 울타리 사이를
뚫고 빽빽하게 얽혀 있는 숲으로 이어졌다. 그러나 울타리 뒤
에는 나무가 없는 경작된 밭이었기에, 밀려드는 어둠에서도
내 옆을 걷고 있는 그녀의 모습을 관찰하는 데는 문제가 없었
다. 그녀가 정말 이런 한적함 속에서 내 가까이 있다는 것이
내게 전율을 느끼게 했다.

이 오래된 공원 안에 우리 말고는 아무도 없는 듯했다. 너
무도 조용해서 매번 모래 위를 딛는 발소리까지 전부 들을 수
있을 지경이었다.

"내 손, 잡지 않을래?"

내가 물었다.

그녀는 고개를 저었다.

"왜?"

"안 돼. 만약 누가 오기라도 하면!"

우리는 가운데가 불룩한 너도밤나무 길에 이르렀다. 그곳은 몹시 어두웠다. 여기저기 길 양쪽으로 비슷한 길이 나 있었다. 그리고 그 사이에 있는 잔디밭에는 헤치고 나아갈 수 없을 만큼 짙은 그늘이 진을 치고 있었다. 로레가 내 옆에서 걷고 있다는 것만은 여전히 알고 있었다. 그녀의 숨소리와 가벼운 발소리가 들렸기 때문이다. 하지만 그녀를 볼 수는 없었다. 오후에 나비 한 마리를 찾아나섰던 것이 갑자기 머리 속에 떠올랐다.

"하지만 이제 네가 잡힌 거야!"

나는 어둠에 용기를 얻어, 그녀가 늘어뜨린 손을 잡아서 꼭 쥐었다. 그녀는 가만히 있었다. 그러나 나는 그녀가 얼마나 떨고 있는지 알 수 있었다. 그리고 내 심장도 터져 버릴 것 같았다.

그렇게 우리는 천천히 계속 걸어갔다. 시내 쪽에서 약한 손풍금 소리와 번잡한 대목장의 그칠 줄 모르는 소음이 어렴풋이 들려왔다. 우리 앞 가로수 길 끝에 황금빛 저녁 하늘이 한 조각 아직 걸려 있었다. 나는 그녀의 손을 내 팔에 얹은 다음 다시 쥐었다. 그 순간 우리 앞으로 무언가가 순식간에 스쳐지나갔다. 어쩌면 생쥐 사냥에 나선 고슴도치였을지도 모른다. 그녀가 놀라서 내 쪽으로 몸을 바짝 붙였다. 그리고 나는 반사적으로 팔을 그녀에게 둘렀고, 그녀의 작은 고개가 내 어깨로 미끄러지는 것을 느꼈다.

그런 다음 번개처럼 입술과 입술이 맞닿았다. 그러나 애석하게도 곧 숲을 벗어나 밝은 곳으로 나오게 되었다. 나는 여전히 그녀의 손을 잡고 있었다. 우리는 가로수 길 끝에 이르렀고 성문을 지나서 들길로 나왔다. 마치 우리가 함께 있는 것을 빨리 끝내야 한다는 듯 서둘러 걸었다.

"아버지가 나를 찾고 계실 거야. 너무 늦었어!"

로레가 쳐다보지 않고 말했다.

"그래, 맞아!"

우리는 걸음을 더 빨리했다.

어느덧 우리는 도로의 마지막 집들이 보이는 곳에 다다랐다. 보리수나무 아래 재단사의 작은 집 창으로 새어나오는 빛이 한 소녀가 우물가에 서 있는 모습을 비추어 주었다. 더 이상 내가 같이 가서는 안 되었다. 로레가 도로 포석에 발을 디딜 때, 그렇게 그녀를 보내서는 안 될 것 같다는 생각이 떠올랐다.

"로레, 네게 할 말이 있어."

나는 망설이며 말했다.

그녀가 한 걸음 뒤로 물러났다.

"뭔데?"

그녀가 물었다.

"잠시만 기다려 봐!"

그녀가 몸을 돌리고 나를 향해 섰다. 나는 그녀가 손으로 머리를 쓸어 올리고, 스카프를 더 단단히 목에 묶는 소리를 들었다. 하지만 나는 마치 어두운 안개처럼 내 눈앞에 떠다니는 생각을 붙들어 매려고 노력했지만 부질없었다.

"로레, 너 나한테 아직도 화가 나 있는 거야?"

마침내 내가 말했다.

그녀는 바닥을 내려다보며 고개를 저었다.

"내일 다시 여기서 만나자!"

그녀는 잠시 망설이는 듯하더니 이윽고 말했다.

"평소에는 저녁에 외출할 수 없어."

"로레, 거짓말하는 거지? 그게 아니잖아. 사실을 말해 봐!"

나는 그녀의 손을 움켜쥐었다. 그러나 그녀가 다시 빼냈다.

"제발 말해 봐, 로레! 말하고 싶지 않은 거니?"

그녀는 아무 말 없이 서 있었다. 그런 다음 눈을 들어 나를 쳐다보았다.

"난 다 알아. 언젠가는 너도 저 고상한 숙녀들 중 한 명하고 결혼할 거라는 걸."

그녀가 조용히 말했다.

나는 말문이 막혔다. 이 반박에 나는 준비가 되어 있지 않았다. 그런 무시무시한 일에 대해서는 한 번도 생각해 본 적이 없으므로 그에 대해 대답할 말이 없었다.

그리고 눈 깜짝할 사이에 소녀가 낮게 '잘가!' 라고 인사하는 것을 들었다. 그리고 곧 그녀가 건너편 집들의 그늘로 사라지는 것을 보았다. 집 현관문을 조심스럽게 미는 소리와 낮게 문고리를 돌리는 소리도 들었다. 그런 다음 나는 몸을 돌려 성의 뜰을 지나 천천히 돌아갔다.

나는 부모님이 계시는 거실로 저녁을 먹으러 가지 않고, 살그머니 계단을 올라 내 방으로 갔다. 술에 취한 듯 쓰러져 누웠다. 15분쯤 뒤 방문이 열리는 소리를 들었고, 반쯤 뜬 눈으로 어머니가 램프를 들고 침대로 다가오는 것을 보았다. 어머니는 내 쪽으로 몸을 굽히셨다. 그러나 나는 눈을 감고 계속 꿈에 잠겼다. 확실한 약속을 하고 헤어진 것은 아니지만 그래도 내게는 장미 꽃다발이 쥐어지고 새로운 생이 이제 시작되는 듯했다.

그날 저녁엔 혼자 있고 싶은 충동을 강하게 느꼈고, 다음날 아침에는 사람들 속으로 나를 몰아넣었다. 자유라는 새로운 감정과 우월감을 내 속에서 느꼈는데, 그것을 다른 사람들에 대해서도 느껴보고 싶었다. 아침을 먹자마자 그리고 어머니의 곤란한 질문에 임시변통으로 적당히 대답한 다음 친구 크리스토프의 작업장으로 갔다. 그는 작은 마호가니 합판을 선별하고 자르며 열심히 작업 중이었다.

"무얼 만드는 거야?"

내가 물었다.

"바느질 상자야."

그가 쳐다보지 않고 말했다.

"바느질 상자? 누구 주려고?"

"로레 보르가르, 내 여동생이 개한테 생일 선물로 줄 거래."

나는 그를 옆에서 쳐다보았다. 오만한 미소가 내 안에서 싹 터 올랐다.

"로레가 진짜 네 애인이구나. 크리스토프?"

이 부정한 물음으로 선한 청년의 각진 얼굴이 피를 뒤집어 쓴 듯 이마까지 빨갛게 되었다. 그 역시도 자신의 당황함 때문에 더 분노에 휩싸인 것 같았다.

"그때 너희들 라틴 어 학교 학생들이 그녀를 댄스 교습소로 데려가지 말았어야 했어!"

합판 조각 위로 격하게 칼을 그으며 그가 말했다.

"크리스토프, 너 지금 질투하는 거지?"

내가 물었다.

그러나 그는 내게 대답하지 않고 혼잣말처럼 중얼거렸다.

"질투는 내 여동생이나 하겠지!"

승리는 고작 그것이 전부였다. 다시 로레와 단둘이서 만나 보려고 노력했지만 허사였기 때문이다. 여름이 지나는 동안 일요일 오후에 공원에서 그녀와 몇 번 부딪히기는 했지만, 그 때마다 크리스토프 남매가 함께 있었다. 크리스토프는 어찌나 도전적으로 그녀 옆에서 걸어가던지, 그는 그녀를 위해서라면 라틴 어 학교 학생 전체와도 싸움할 기세였다. 로레 또한 내가 그들에게 말을 걸면 그들 남매를 부추겨 자리를 뜨는 냉정함을 보였다.

나중에 성 미하엘 장이 열리고 회전목마가 다시 돌기 시작했을 때, 나는 다시 한 번 더 희망을 품었다. 저녁마다 어둠이 깔리기가 무섭게 그 장소에 나갔다. 외출하기 위해 늘 새로운 핑계를 대려고 애쓰는 내게 프리츠는 심하게 짜증을 냈음에도 불구하고. 그러나 가끔씩 나타나는 소녀들 사이에서 갈색 피부를 찾으려고 살피곤 했지만 허사였다. 나는 어두운 성의 가로수 길을 외롭게 거닐었다. 그리고 달아나 버린 행운에 대한 추억을 비참하게 곱씹었다.

겨울이 시작될 무렵 이 모든 것은 갑작스런 종국을 맞았다. 아버지의 뜻에 따라 고향 학교를 떠나 독일 중부에 있는 어느 상급학교에 가야 했기 때문이었다. 내 나비 채집망은 아직도 그 언덕 가장자리 무성한 나무 위에 매달려 있을까? 모르겠다. 그곳에 다시는 가보지 않았으니. 딸기나비 역시 아직까지 잡지 못했다.

대학에서

그 후 세월이 흘렀다. 수도원 같았던 의무적인 기숙사 생활이 끝나자, 처음으로 부모님이 계시는 집에서 가을 몇 주일을 보내게 되었다. 고향 둥지 안에는 내 동기들 중 크리스토프만 남아 있었다. 프리츠를 비롯한 다른 아이들 역시 모두 떠나간 뒤였다. 유쾌한 대학 생활 속으로, 바다 건너 멀리로, 어느 상인의 어두운 사무실로, 혹은 그곳이 어디든 선택과 상황이 이끄는 곳으로 모두 떠났다.

땅딸막하지만 당당한 체구의 청년으로 성장한 크리스토프 역시 떠날 준비를 하고 있었다. 그는 기능공이 되어 있었고, 좀더 많은 기술을 배우기 위해 떠날 계획이었다. 하지만 우리는 그전에 다시 한 번 더 그의 아버지 작업실에서 함께 작업했다. 나와 함께 대학으로 가게 될 담배 상자가 우리 노력의 산물이었다. 뚱뚱한 보르가르 부인이 일 년 전에 갑작스런 죽음으로 고인이 되었으며, 그 딸은 곧 시골에 있는 미혼의 늙은 친척 아주머니 집으로 이사했다는 소식을 어머니한테서 들었다. 그 친척 아주머니가 그녀를 자신의 얼마 안 되는 재산 상속인으로 지정했다는 것이다. 보리수나무가 있는 그 궁색한 작은 집은 부인이 죽은 뒤 빚 때문에 팔렸고, 프랑스 재단사는 다른 양복점에 월급쟁이로 거처를 찾은 것이 그나마

다행이라고 했다.

어느 일요일 오후, 교회 정원 구석에 있는 벤치에 앉아 있는 그를 만났다. 툭 불거진 광대뼈를 덮고 있는 피부는 예전보다 더 누랬다. 그의 검은 머리카락은 완전한 백발이 되어 있었다. 그는 기침을 했지만 햇볕을 받으며 앉아 있는 것을 즐기는 것 같았다.

"아, 무슈 필립!"

나를 알아보자 그가 외쳤다. 그리고 낯익은 도자기 담뱃갑을 움켜쥐고 있던 뼈가 앙상한 손을 내밀며 계속했다.

"그때는 참 좋은 시절이었지요, 무슈 필립!"

한숨을 쉬며 그가 계속했다.

"늙은 마누라는 자기 그릇 광주리와 함께 저기 검은 십자가 아래에 잠들었어요. 그리고 그애는, 로레는……."

그는 몇 번 딸꾹질을 하더니 입담배 한 줌을 넉넉하게 집어 들었다.

"당신도 물론 들었겠지요! 그애는 원하지 않았어요. 불쌍한 애비를 혼자 내버려 두고 싶어 하지 않았거든요. 내가 힘으로 그 작은 손을 내게서 떼놓았어야 했으니까요. 하지만 그게 다 무슨 소용이겠어요! 그애도 제 행복을 찾아야 하는 것 아니겠어요?"

그는 고개를 떨구고서 손을 무릎 위로 축 늘어뜨렸다.

"언제 그애의 편지를 보여드리리다!"

그렇게 다시 말을 시작했다.

"당신도 보면 알 거예요, 무슈 필립. 당신도 많이 배운 사람이니까! 너무도 사랑스런 그 철자들, 애정 어린 그 착한 말들, 후작 부인이라 하더라도 그보다 나을 순 없을 겁니다."

그렇게 그는 내가 그를 떠날 때까지 한동안 말을 계속했다.

나는 그 후 프랑스 재단사를 다시 보지 못했다. 왜냐하면 며칠 뒤에 외국 대학에서 법률 공부를 시작하기 위해 내가 떠났기 때문이었다. 그와의 만남에 대해 어머니께 얘기해드렸더니 반년 뒤 어머니가 편지로 알려오기를, 루드비히 16세 궁정 화부의 손자 무슈 보르가르 역시 검은 십자가 아래에 쉴 자리를 찾았다는 것이었다.

3년 뒤에 나는 국가고시를 치기 전에 법이 정하고 있는 기한을 수료하기 위해 시골 공립대학에 있었다. 하이델베르크에서 마지막 학기를 함께 한 프리츠도 곧 돌아올 예정이었다. 크리스토프는 어느 큰 가구점의 1급 기술자가 되어 있었다. 어느 날 오후 공원에서 그와 마주쳤다. 그는 생맥주 한 잔을 앞에 시켜놓고 앉아 담배 연기를 뿜어대며 생각에 잠겨 있었다. 짙은 금발 구레나룻과 서민풍의 말쑥한 옷차림은 아주 가까이 가서야 비로소 그를 알아보게 했다. 내가 말없이 손을 그의 어깨 위에 내려놓자, 그는 재빨리 고개를 돌리고 반항적으로 나를 살펴보았다. 왜냐하면 내가 지금은 빨간 모자를 쓰고 있진 않았지만, 여지없이 그의 사랑을 받지 못하는 라틴어 학교 사람에 속하기 때문이었다. 그렇지만 나를 쳐다보자마자 즉시 그의 눈에 반갑고 놀라워하는 기색이 역력했다.

"너 필립이지, 그렇지?"

내가 내민 손을 거의 소녀처럼 수줍어하다가 쥐고는 힘차게 흔들며 그가 말했다. 우리들은 함께 오랫동안 이야기를 나누었다. 우리의 고향에 관해, 부모님과 친구들에 관해. 그런 다음 나는 저 운명의 스케이트 사건이 기억나서 우리가 공유한 철부지 사랑에 대해서도 물었다.

로레는 상류층 가정에 바느질 일을 다니는 친척 아주머니와 함께 살고 있었다. 그러나 크리스토프는 이 질문에 대한 답을 하면서 말수가 점점 더 줄어들었고, 결국 약간 서둘러 다른 쪽으로 대화를 옮기려 애썼다. 내가 고향의 먼지와 함께 예전에 이미 내게서 털어 버렸다고 믿고 있는 저 아름다운 소녀의 사슬을 그는 그의 충실한 기질 속에 여전히 지니고 있는 듯했다.

그런데 내가 잘못 생각하고 있었던 것이다. 그 뒤 얼마 후에 친하게 지내는 숙녀들과 시가 접하고 있는 바다 건너편에 있는, 당시 인기가 있던 유원지에 놀러갔었다. 날이 저물었고, 우리는 돌아갈 배편을 알아보기 위해 해안을 걸어 내려갔

다. 보트 두 척이 거의 꽉 찬 채 벌써 떠날 채비를 하며 정박해 있었다. 우리한테서 한 30보쯤 떨어져 있을 법한 배 옆에, 가끔 하숙집 주인의 거실에서 보았던 거동이 불편했던 초로의 여인이 눈에 띄었다. 그리고 그 곁에 있는 아름다운 아가씨의 모습이 눈에 들어왔다. 그녀는 이미 배의 가장자리에 발을 디디고 있었고, 배에 오르려는 것 같았다. 그러나 그녀가 고개를 우리 쪽으로 돌리더니 얼어붙은 듯 멈추어 섰다. 이국적인 검은 두 눈, 오랫동안 보지 못했던, 그러나 예전에 본 적이 있는 그 눈이 내 눈과 마주쳤다. 나는 그녀가 로레 보르가르임을 알았다. 그녀는 키가 더 자랐고, 갈색 뺨 아래 터질 듯한 순결함의 홍조가 반짝이고 있었다. 그녀에게는 내가 알지 못하는 사이에 이미 소년의 가슴을 앗아갔던 저 특유의 우아한 자연스러움이 여전히 배어 있었다. 뜨거운 것이 내 안에서 솟아올랐다. 내 옆에 있던 숙녀들을 나는 거의 잊고 있었다. 그 검은 눈이 내게 바라보라고 부탁하는 것 같았다. 초로의 침모가 그녀에게 말을 건네고, 사공이 그렇게 공손하지만은 않은 말투로 배에 오르기를 종용하는 것을 들었다. 그러나 그녀는 여전히 꼼짝도 하지 않고, 꿈에서처럼 눈은 나를 향한 채 서 있었다.

나는 수수께끼 같은 자연의 완력에 쫓기듯, 그 보트를 향해 벌써 몇 발자국 내딛고 있었다. 그러나 나는 자제했다. 크리스토프를 생각했다. 그의 정직한 갈색 눈이 어디선가 나를 보고 있는 듯했다.

"저 배에는 우리가 앉을 자리가 충분하지 않을 것 같군요."

숙녀들에게 말했다. 그런 다음 우리는 다른 배를 향해서 옆쪽으로 물가를 따라 걸어갔다. 하지만 나는 한 번 더 로레를 돌아보았다.

그녀는 가슴으로 고개를 떨군 채 천천히 갑판을 넘어 황금빛 석양 속에 떠 있는 배 안으로 막 들어서고 있었다.

집으로 돌아오는 항해 도중 나는 과묵하게 조종키를 잡고 있었다. 젊은 숙녀들이 그들의 수다 속으로 나를 끌어들이려고 헛수고를 하는 동안, 내 눈은 우리에게서 훨씬 떨어져서 나아가고 있는 배 안의 다른 사람에게 머물고 있었는지도 모른다.

"당신, 오늘 정말 예의가 없군요! 우리 집 아름다운 침모(針母)가 당신을 벙어리로 만들어 버린 것 같군요!"

한 여인이 말했다

"로레가 당신 집 침모라구요?"

나는 여전히 반쯤 생각에 잠긴 채 물었다.

"로레! 그녀 이름이 로레라는 걸 어떻게 아세요?"

"같은 고향 출신입니다. 같이 춤을 배웠는데 첫 마주르카를 그녀와 추었죠."

"그랬군요! 그녀는 지금도 역시 대학생들과 기꺼이 춤을 춘다죠."

로레에 관한 우리의 대화는 끝났다. 그러나 나는 크리스토프가 왜 이야기를 다른 곳으로 돌렸는지 알게 되었다.

그럼에도 불구하고 나는 겨울 동안 몇 번이나 공공장소에서 그가 로레와 함께 있는 것을 보았다. 대부분은 몸이 불편한 마리나 혹은 노부인과 함께였다. 그 노부인이야말로 불쌍한 프랑스 재단사가 죽기 얼마 전에 소중한 마음의 보석을 빼앗아간 친척 아주머니임이 분명했다.

새해가 몇 주 지난 어느 날 저녁이었다. 내 하숙방 앞쪽에서 소란스러운 소리가 들려왔다. 창문을 열자, 지나가는 무리 중 여기저기 붉은 학생모가 보였다. 마침내 나는 가로등 불빛으로 우리 대학 건물 관리인 중 한 명을 알아보았다.

"무슨 일입니까, 도즈?"

아래쪽을 향해 내가 소리쳤다.

"한바탕 싸움이 있었습니다, 박사님."

도즈는 우리 둘만이 알고 있는 어떤 일 때문에 언제나 나를 박사라고 불렀다.

"그래요? 그럼 또 댄스홀에서였겠군요?"

"그렇죠 뭐. 그곳 말고 어디겠어요?"

그 댄스홀은 옛날부터 대학생들과 수공업 도제들 간에 종종 주먹다짐이 벌어지곤 하던 술집이었다. 그런데 이번에는 그 정도가 좀 심한 모양이었다. 도즈가 주먹으로 상당히 힘찬 동작을 지어 보였기 때문이다.

"그런데 이번엔 누가 당했나요?"

내가 관심 있게 물었다.

그는 손으로 입을 가리고 내게 속삭였다.

"이번엔 진짜 제대로 걸렸습니다, 박사님."

그때 지나가면서 우리의 대화를 듣고 있던 낯익은 사람이 끼어들었다.

"라우 백작이라오. 녀석들이 빚을 제대로 갚은 모양입디다."

라우 백작(여주: Raugraf, 라우그라프는 중세 독일 백작 가문, 칭호의 하나)이라면 잘생겼지만 방종한 청년이었다. 강의실에는 거의 얼굴도 내밀지 않으면서 정반대로 결투장에는 자주 나타나고, 술집에도 규칙적으로 모습을 보이는 인물이었다. 대학에서는 큰 인기를 얻겠지만 그 후의 인생에선 흔적도 없이 사라져 버리는 그런 이들 중 하나였다. 그는 수많은 대학 새내기들에겐 두려운 경탄의 대상이었으나 그가 억지로 애인을 빼앗은 젊은 직공들한테는 증오의 대상이었다. 몇 번 퇴학을 강요받고 몇 군데 대학을 거친 다음 그는 우리 대학까지 흘러

들어온 인물로 그의 요란한 전학과 그 다음엔 더 엄청난 채무로 인해 갖가지 소문이 떠돌았다. 그가 들고 온 '라우 백작'이라는 칭호는, 그것이 폭력정치 시절을 떠올리게 하고, 또 무엇보다 자신의 정열을 위해 약자를 무자비하게 이용하던 옛 지방 문벌귀족의 방식이 그에게 완벽하게 유전된 듯하여 썩 잘 어울렸다.

나는 그 라우 백작을 자세히 알지도 못하고, 또 그에게 관심도 없었기에 창문을 닫고 잠자리에 들었다.

그 다음날 오후, 내 의지와는 상관없이 그 일에 대해 새롭게 생각해야 할 일이 생겼다. 막 커피를 마신 다음 법학 논제를 들고 소파에 앉으려는 데 방문 두드리는 소리가 났다.

"들어와요!"

내 친구 크리스토프의 건장한 체구가 주저하는 듯 조심스럽게 방으로 들어섰다.

"혼자냐?"

그가 물었다.

"보시다시피, 크리스토프."

그는 한순간 침묵했다.

"나 이곳을 떠나야 해, 필립. 그것도 오늘 저녁 안으로. 아주 멀리 라인 강가에 사는 외삼촌댁으로…… 삼촌이 몸이 약해지셔서 제대로 돌봐드릴 사람이 필요해. 하지만 아무래도

내가 수중에 지닌 현금이 여행을 하는데 충분치 못할 것 같
아. 그래서 말인데, 구걸하는 건 내 적성에 맞지 않고……."

나는 벌써 책상에 다가가서 약간의 돈을 책상 위에 세어놓
고 있었다.

"이 정도면 될까, 크리스토프?"

"고마워, 필립."

그는 신중하게 돈을 지갑에 넣었다. 지갑엔 이미 금화와 은
화로 된 약간의 그의 자산이 들어 있었다. 그제서야 나는 그
가 금요일날 미사드릴 때나 입는 검정 정장을 입고 있는 것을
알아보았다.

"그런데 그렇게 말쑥하게 차려입고 도대체 어딜 갔다 오는
거야?"

"그게……. 방금 경찰서에서 오는 길이야!"

그가 말을 하며 생각에 잠긴 듯 손을 그의 넓은 이마에 대
고 문질렀다.

"벌써 여행증명서를 받아온 거야?"

"물론이지, 사실은 추방명령서야."

나는 놀라서 그를 쳐다보았다.

"그게 말이야. 댄스홀에서 있었던 바보 같은 사건 때문이
지."

나는 갑자기 모든 게 선명해지는 것 같았다.

“그랬군! 그러니까 자네가 그랬단 말이지? 그걸 짐작하지 못했다니⋯⋯.”

내가 말했다.

“물론 내가 그곳에 있긴 했지, 필립.”

“로레도 그럼 자네랑 있었나?”

그가 고개를 끄덕였다.

“그리고 자네가 라우 백작을 두들겨 팬 거로군?”

그의 입가에 자조적인 미소가 흘렀다.

“그들이야 당연히 내가 그랬다고 하지.”

그가 대답했다.

지난 시절 고등학교 학생들의 옛 원수가 어찌나 만족스런 어조로 이 말을 하던지, 나는 사태에 관해 더 이상 의심을 품을 여지가 없었다.

나는 폭소를 터뜨리지 않을 수 없었다.

“자, 그럼 어서 이야기 좀 해 주게! 도대체 일이 어떻게 된 거야?”

“그러니까 그게⋯⋯. 필립, 자네도 물론 알고 있겠지. 내가 로레랑 사귀는 거?”

“너희들, 그럼 결혼할 생각이야?”

“물론이지. 그녀는 훌륭한 재능을 가진 사람이야. 그리고 아주머니가 돌아가시면 어느 정도 재산도 물려받지.”

그가 대답했다.

나는 미소를 띠고 그를 쳐다보았다.

"그럼 크리스토프, 로레가 자네에게 그리 심하게 굴진 않았을 것 아닌가? 그랬다면 자네가 그렇게 주먹을 휘두를 필요도 없었을 텐데!"

그는 멍하니 앞을 쳐다보았다.

"우리가 그들 속에 서 있었던 것만은 확실하네. 로레와 나는, 내가 그곳에 간 것은 순전히 그녀를 기쁘게 해 주려고 그런 거야. 그런데 예전부터 로레를 늘 유심히 쳐다보고 그때마다 다른 여자와 속살거리던 그 키 크고 창백한 놈이 와서는 특별히 로레하고 춤을 추겠다는 거야."

"그러면 그가 자네 숙녀한테 파렴치하게라도 굴었나?"

"파렴치? 그 낯짝만으로도 충분히 파렴치하다네!"

"그럼 로레는?"

나는 친구의 얼굴을 날카롭게 응시한 채 말했다.

"잘생긴 그 기사하고 잘도 추고 싶었겠지?"

그는 이맛살을 찌푸렸다. 그리고 나는 어두운 구름이 그의 눈을 덮는 것을 보았다.

"난 모르겠어. 너희들이 그 아이를 너희들 라틴 어 학교 댄스 교습에 임시방편으로 데려간 건 옳은 짓이 아니었어."

그가 낮은 목소리로 말하며 내게 손을 내밀었다.

"잘 있어, 필립. 돈은 부쳐줄게. 그것 말고는 내 소식 별로 듣지 못할 거야. 하지만 일 년 뒤에 신이 허락하신다면, 다시 이곳에 오거나 고향으로 돌아갈 거야."

그가 사라졌다. 나는 중단했던 일에 다시 몰두하려 노력했으나 소용없었다. 내 유년 시절 동무의 미래에 대한 막연한 걱정이 내 가슴속으로 파고든 것이다. 비록 그가 입 밖으로 내지는 않았지만 그의 머리 속엔 온통 그녀로 가득 차 있다는 것, 그 우직한 머리로 그녀와 일생 동안 함께 살 꿈을 포기하지 않으리라는 것도 너무 잘 알고 있었다.

나는 점심 식사를 하기 위해 들곤 하던 하숙집 주인이 살고 있는 아래층으로 내려갔다. 조금 이른 시간이라서 그런지 하숙생들은 아직 아무도 모습을 나타내지 않았다. 그러나 나는 옆방에서 벙어리처럼 외롭게, 하늘거리는 재질의 구름처럼 하얀 천 한복판에서 바늘을 놀리고 있던 자그마한 체구의 마리를 만났다. 지금 내가 걱정하고 있는 운명의 두 사람과 그녀가 자주 함께 있는 것을 보았기에 그녀에게 그 사건에 대해 좀더 자세히 알려 달라고 부탁했다.

"난 언젠가 그런 일이 터질 줄 알았어요."

그녀는 얇은 입술을 꽉 다물며 말했다.

"그 목수야 보통 땐 괜찮은 청년이죠. 하지만 그 아가씨에 비하면 그는 너무 얌전해요. 아, 어쩌자고 그 아가씨를 데리고 댄스홀에 나타났는지!"

나는 좀더 자세하게 말해 달라고 했다.

그녀는 내가 앉을 수 있게 의자 위의 물건들을 전부 치워 주었다.

"당신도 거리 끝에 있는 그 작은 집을 알고 있겠지요?"

내가 그녀가 치워 준 자리에 앉자 그녀가 말을 계속했다.

"로레의 아주머니가 그 낡은 대장간을 옆집 말 임대업자한테서 몇 년 전에 사들였지요. 그렇지만 그 뒤에 있는 마당은 임대업자가 사업에 필요한 탓에 남겨 두었어요. 그래서 두 집의 마당이 한데 묶여 있는 셈이었지요. 노파는 그 사이의 잔디밭에다 빨래를 널어 말리기도 했답니다. 노파는 돌아가신 내 어머니의 먼 친척이라서 내가 견진성사(堅振聖事)를 받은 이래로 종종 함께 바느질품을 팔러 다녔지요.

내 생각에 그게 작년 성 마르틴 축제 직전이었지 싶어요. 점심 식사 후 내가 그 집으로 향했지요. 비단 바느질감을 잔뜩 맡아 놓았었거든요. 그리로 가는 길에 그 목수를 만났어요. 두 사람은 당시에 사귀고 있었지요. 우린 몇 마디 말을 나누었고, 돌아가는 길에 그가 웃으며 한 번 더 나에게 소리치더군요. '일 마치면 와서 빨래 너는 걸 도와드릴게요!' 나는 로레에게 그 말을 전했지요. 그런데 그녀는 흘려듣는 것 같았어요.

우리가 안에서 일을 다 마치고 늦은 오후에 빨랫줄을 말뚝에 걸기 위해 밖으로 나갔지요. 말뚝은 바깥 잔디밭에 있었거든요. 치마를 반장화 위로 걷어 올리고, 검은머리를 귀 뒤로 넘긴 로레가 서툰 걸음으로 이곳저곳을 옮겨 다니며 빨랫줄을 걸고 있었지요. 노파는 안락의자에 앉아 잠에 빠져 있었고, 나도 그리 큰 편이 아니어서 그녀를 도와줄 수가 없었지요.”

그러면서 이야기꾼은 자신의 빈약한 체구를 가능한 똑바로 세우려 노력했다.

“나는 빨래 바구니 옆에 있는 연석 위에 앉아서 이웃집 머슴이 마구간 앞에서 구렁말을 빗질하는 것을 보고 있었어요. 나는 말을 좋아하지요. 내 아버지도 마부였거든요. 진짜 멋진 짐승이었지요. 그리고 그늘에서 고개를 햇빛 속으로 내뻗으면 털이 금빛처럼 빛났지요. 그런데 섬세한 다리 생김새를 보니까 그게 절대 이웃집에서 임대해 주고 있는 말이 아니란 걸 내 단박에 알아챘지요. ‘저 말은 누구 말이지? 나무 발판을 내 옆에 있는 마지막 말뚝으로 바짝 밀어놓고 있는 로레한테 물었지요. ‘저것 말이에요?’ 그녀는 발끝을 들고 빨랫줄을 말뚝에 걸면서 말하더군요. ‘그거 타지에서 온 대학생 말이에요. 이름은 뭔지 모르겠지만.’ 나는 그녀를 올려다보았지만, 그녀는 고개를 돌리지 않고 여전히 빨랫줄을 감고 있었어요.

너무 심심하여 막 안달이 나려던 참에 내 뒤에서 목소리가 들렸어요. '이제 됐어요, 로르헨(역주: 로레를 더 귀엽게 부른 말) 양!'

그녀가 팔을 떨어뜨리고 말아 올린 원피스를 얼마나 황급히 아래로 끌어내리던지 그 모습이 아직도 눈에 선하네요. 내가 고개를 돌리자, 그 창백하고 고상한 대학생이 내 앞에 서 있지 않겠어요. 그리고 로레는 한 마디도 하지 않고 계단에서 뛰어내려 내 옆에 서 있었지요. 그 젊은 신사는 꼼짝하지 않고 서서, 쳐다보는 건 공짜라는 양 로레를 훑어보았지요. 괘씸하다고 여기면서 구렁말에 대해 되는 대로 말을 건네면서 무슨 대답이라도 들을 요량이었지요. 그런데 눈 깜짝할 사이에 우리 셋은 그쪽 마당으로 넘어가 있더군요. 말은 말발굽으로 땅을 박박 긁으며 영리한 눈으로 주인을 쳐다보더군요. 로레는 정말로 그 짐승이 탐난다는 듯 손바닥으로 거울같이 반짝이는 짐승의 목을 쓰다듬어 내려갔어요. '어린양처럼 유순합니다.' 젊은이가 그렇게 말하더군요. '어때요, 로레 양? 마구간에 부인용 안장이 하나 더 있는데!' 그녀는 고개를 흔들더군요. 그러나 그녀가 동시에 낮은 탄성을 지르는 걸 난 들었지요. 그애의 눈은 그 소망으로 제대로 빛나고 있었거든요. 백작 양반이야 물론 제대로 알아보았겠지요. 그가 눈짓을 하자 안장이 조여지고 가벼운 재갈이 물렸거든요. 로레는 눈에

마술이라도 걸린 듯 그냥 쳐다보고만 있더군요. 하지만 머슴
이 말에 오르라고 나무 발판을 갖다 주자, 젊은 신사가 그것
을 옆으로 치워 버리더군요. '집어치우게, 요한!' 그가 소리를
쳤어요. 그리고 마치 당연한 일인 듯 처녀의 겨드랑이로 손을
집어넣어 잡으며 말하더군요. '꽉 디디시오!' 그가 꿰뚫는 듯
한 눈으로 그녀에게서 눈을 떼지 않으면서 다른 손은 그녀 앞
으로 가져갔어요. 그리고 로레는 그 남자가 원하는 대로, 그
래야 하는 것처럼 그 작은 발을 그의 손 위에 올려놓았지요.
그가 망설이는 걸 난 알 수 있었어요. 하지만 그것도 잠시일
뿐, 그 다음 재빨리 반동을 주면서 그녀를 말 등으로 올려 주
었어요.

그녀는 아주 혼란스러워 보였어요. 그 위에 앉을 때 눈을
감더라고요. 그리고 그가 손가락 사이에 재갈을 가지런히 놓
는 것을 가만히 참고 있었지요. 말은 고개를 흔들며 소리를
질러대더군요. 주인이 몇 번 애무하듯 비단 같은 털을 쓸어
주었지요. 그런 다음 그는 손을 로레 뒤 안장에 올려놓고, 다
른 손으로는 재갈을 쥐고 천천히 잔디밭을 돌았어요.

그래요, 그들이 멋진 한 쌍이었던 걸 말하지 않을 수가 없
군요. 그런 그녀의 세련된 모습을 보고 누가 가난한 침모와
재단사의 딸이라고 생각하겠어요.

그녀는 곧 속도가 성에 안 차나 보더군요. 그녀가 팔을 높

이 치켜들자 말이 속도를 내기 시작했어요. 그러자 젊은이는 잔디밭 뒤로 물러나더군요. 하지만 그녀한테서 눈길 한 번 떼지 않았어요. 말이 달리는 대로, 채찍을 손에 들고 같이 원을 그리며 걷더군요. 그는 바람에 휘날리는 그녀의 검은 머리카락에서부터 말안장 위 원피스 아래로 보이는 자그마한 발에까지 매료된 듯, 시선은 처녀의 이곳저곳을 따라 움직였어요. 곧 그가 그녀에게 뭐라고 소리치고, 곧 자기 말에게도 짧은 말을 던졌어요. 말은 점점 빨리 달렸어요. 가쁜 숨을 몰아쉬며 갈기를 허공에 흩날리더군요. 로레는 그건 쳐다보지도 않더라고요. 그저 날아오를 듯 앉아서 미소를 띠며, 마치 자신을 안장에 붙들어놓고 있는 것이 바로 그의 눈이라도 되는 양 젊은 남자를 쳐다보고만 있었어요.

그렇게 얼마가 흘렀어요. '노파가 보기라도 하면!' 하는 생각이 문득 들더군요. 아마 그랬으면 벼락이 내렸겠지요. 그러나 그녀는 나타나지 않았어요. 그때 갑자기 비둘기 떼가 날개를 심하게 퍼덕이며 마당 위를 날아갔지요. 그 소리에 말이 놀라 뒷걸음질쳤고, 앞발을 들고 날뛰더군요. 난 로레가 말 아래로 떨어질 거라 생각했어요. 그런데 웬걸, 그녀는 말 모가지를 더 꼭 붙들고 있더군요. 그저 죽은 듯 새하얗게 질려서 말이에요. '오호, 순결한 아가씨!' 라고 남자가 소리치더니 곧바로 건너가서 로레를 팔에 안고는 한순간 탐욕스런 눈길로 그녀를 바라보더니 곧 부드럽게 바닥에 내려놓았어요. 그때 내가 생각할 틈도 없이 마당 문이 열리는 소리를 들었어요. '노파로구나!' 생각했는데, 내가 돌아보자 그 목수가 내 앞에 서 있더군요. 만약 그 노파였더라면, 내가 그렇게 흥분하지 않았을 거예요. 왜냐하면 그 사람이 돌처럼 완전히 굳어 있었거든요. '벌써 일을 다 마친 거요, 베르너 씨?' 내가 소리를 쳤지요. 하지만 그에게는 전혀 들리지 않는 듯했어요. '안녕하세요, 마리!' 그가 아주 낮은 목소리로 말했어요. 그리고 마치 그 말이 목에 걸리기라도 한 듯 가까스로 내뱉더군요. '집 안으로 들어가시려오?' 내가 다시 말했지요. '고맙습니다만 손님이 계시군요.' 그가 대답하며 처녀를 쳐다보거나 말 한 마디 걸지 않고, 돌아서서 큰 문을 지나 거리로 나가 버리더군요.

로레는 거친 숨을 몰아쉬고 있는 말 옆에 꼼짝 않고 서 있었어요. '저 사람 뭐 하러 온 거요?' 백작이 물었어요. '제 고향 사람이에요.' 그녀가 조용히 대답했어요. '베르너 씨예요. 큰 가구사의 일등 목수죠.' 그 남자의 조소하는 듯한 얼굴에 화가 나서 내가 그렇게 말해 버렸지요."

이 이야기꾼은 일을 한 가지 마무리 지었는지 일어서서 천을 개어놓았다. 옆 거실로 하숙생들이 점심을 들기 위해 모여들기 시작했다.

"그래서 그 다음엔 어떻게 되었습니까?"

나는 더 물었다.

"그 다음 어떻게 되다뇨?"

그녀가 내 말을 반복했다.

"한동안 내가 오며가며 말해 보았는데, 결국 목수는 아무리 그래도 그녀와 헤어질 수 없고, 그리고 그녀는……. 머리가 진짜로 돌지 않았다면, 자신한테 그가 어떤 사람인지 물론 잘 알고 있겠지요. 저 잘생긴 귀족 신사들이야 그러니까 어떻게 그녀 상대가 되겠어요?"

나는 식탁으로 갔다. 그러나 불구의 마리가 들려준 이야기는 내 가슴에 무겁게 자리했다. 로레와 크리스토프! 나는 그 두 사람을 함께 묶어 상상할 수가 없었다.

산책

부활절이 지난 직후 어머니의 갑작스런 병환으로 어쩔 수 없이 집으로 가게 되었다. 완치된 어머니를 아버지의 안정적인 보살핌과 부드러운 공기의 약효에 맡겨둘 수 있던 8월이 되어서야 비로소 나는 대학으로 돌아왔다. 내가 그곳으로 떠났을 때는 도시를 끼고 흐르는 강에 아직 얼음이 채 가시지 않았었다. 하지만 이젠 무성한 잎사귀들이 여름을 속삭이고 있었다.

내가 도착한 다음날 오전이었다. 나는 아직 그 누구도 만나지 못했다. 쓸쓸한 내 좁은 기숙사 방 가운데에 서서 생각에 잠겨 있었다. 책상 위에 있는 다 말라 버린 잉크 병과 먼지가 쌓인 책들이 나를 우울하게 쳐다보고 있었다. 방바닥에 있는 정리하다 만 여행 가방도 더 나을 건 없었다. 그러나 유리창을 통해 밝은 햇빛이 비치고 있었고, 그것이 나를 유혹했다. 어릴 때부터 종종 그래왔듯이 혼자서 걷고 싶었다. 해안을 따라 펼쳐져 있는 넓은 느릅나무 가로수 길 그늘로 나갔다.

내 머리 위로는 엄청난 나무들이 아치형 천장을 이루고 서 있었다. 그러나 길 양쪽의 초록 잔디로 뒤덮인 정원의 집들 작은 창으로 눈부신 햇살이 빛나고 있었다. 때로는 수풀 사이로 해면의 섬광이 내 눈과 맞부딪히기도 했다. 나는 신선한 공기를 들이마시며 천천히 걸었다. 아직 산책할 시간이 아니었기 때문에 몇몇 낯선 사람들만 마주칠 정도였다.

하지만 점차 정원이 보이지 않게 되고, 느릅나무 대신 날씬하게 솟은 너도밤나무들이 모습을 드러냈다. 조금 더 가니 왼쪽 오르막으로 언덕이 이어져 서늘한 숲에 들어섰다. 다른 쪽 나무 사이로 바다가 내려다보였다. 내 앞에 있는 덤불숲에서 피리새의 청아한 소리와 검은지빠귀의 유혹하는 듯한 애절한 울음소리가 들려왔다. 그 사이로 끊임없이 나뭇잎의 속삭임과 저 아래쪽에서 내 발밑으로 요란스럽게 파도가 밀려오는 소리가 음악처럼 들렸다. 갑자기 이곳 숲에 있을 게 분명한, 반쯤 허물어져 가는 어느 집에 대한 기억이 떠올랐다. 내가 고등학생일 때 친척 대학생 한 명과 이곳에 한 번 와본 적이 있었다. 당시 내가 들은 대로라면, 투기를 하던 어느 술집 주인이 지은 것인데 투기는 실패로 끝나고 말았다. 왜냐하면 많은 무리의 손님들을 그 한적한 곳으로 끌어들이지는 못했다. 그래서 싼값에 팔아야만 했고, 새 주인은 종업원 한 명을 두고 넉넉지 못한 경영을 근근이 해나가고 있었다.

나는 키가 크고 창백하던 그 남자를 아직도 기억하고 있었다. 높다란 너도밤나무와 둔덕 절반쯤 되는 높이에 자리하고 있던 일층짜리 그 건물이 분명하게 내 눈앞에 서 있었다. 건물 정면 절반을 차지하던 둥근 기둥이 늘어서 있던 작은 홀 아래에서 그 당시 그로그(역주: Grog, 럼주에 브랜디와 데운 설탕을 넣고 가열한 술) 주를 처음 마셔 보았다. 그곳에서 우리는 밀어젖히는 커다란 문을 통해 높고 음침한 방으로 들어갔었다. 그 방 창문은 뒤쪽 숲으로 나 있었다.

그 쓸쓸한 장소를 다시 한 번 찾아가고 싶은 욕구가 일었다. 동시에 지금은 없어졌거나 더 이상 찾지 못할지도 모른다는 걱정도 일었다.

　내가 그렇게 생각에 잠겨 있는 동안 섬광처럼 길 왼쪽 나무 사이로 꼬불꼬불 올라가는 폭이 좁은 인도를 찾아냈다. 나는 잠시 망설였는데 몇 년 전에도 역시 그랬다. 그런 다음 천천히 산을 올라갔다. 얼마 후에 나는 내 앞 나무줄기들 사이로 회색 슬레이트 지붕이 나타나는 것을 보았다. 차츰차츰 둥근 기둥이 있던 작은 홀의 기둥과 사방에 난 창문의 윗부분이 눈에 들어왔다. 몇 발자국 더 걸으니 널찍한 돌계단이 나무 그늘 속으로 나를 이끌었다.

　그 집은 숲 한복판, 가장 고요한 햇볕 속에 자리하고 있었다. 시간은 그곳을 비껴간 것 같았다. 붉은 색으로 초벌칠을 한 벽은 칠이 벗겨지고, 곳곳이 녹색 이끼로 덮여 있는 것 외에는 조금도 변하지 않은 듯했다. 나무 기둥의 갈라진 틈으로 갈색 버섯이 피어나고 있었다. 또한 작은 홀 아래에는 양쪽으로 반쯤 열려 있는 날개 문을 향해 녹색 벤치가 아직도 놓여 있었다. 나는 그 벤치 중 한 곳에 앉아 수풀의 빈틈으로 바다를 내려다보았다. 고깃배 한 척이 햇볕 속으로 미끄러져 가고 있었다. 언덕 위쪽에는 사람들이 사는 것 같지 않았다. 아무런 인기척도 들리지 않았다. 그리고 집 안에서도 소리가 들리지 않았다. 오직 숲 속에서 나온 꿀벌 한 마리만 빠르게 지나 갔다. 돌계단 가장자리 잔디 위에는 검정 나비 두 마리가 팔

랑거리고 있었다.

　잠시 후 나는 일어서서 홀 안으로 들어갔다. 홀은 내가 생각했던 것보다 더 어두워 보였다. 창문 앞에 바짝 서 있는 나무들이 지붕 위에까지 가지를 늘어뜨리고 있는 것 같았다. 지팡이로 탁자를 두드려 높은 천장까지 소리가 울리게 해보았다. 그러나 아무도 나오지 않았다. 왼쪽으로 들여다본 옆방에는 당구대만 쓸쓸하게 놓여 있었다. 그러나 맞은편 홀 다른 쪽에 문이 하나 더 있었다. 문을 열자 폭이 좁은 복도가 나왔다. 복도를 지나자 다시 야외였다. 집 아주 가까이에 있는 케겔(역주: 구주희(九柱戱), 지금의 볼링과 비슷한 경기) 시설 옆에 나이가 지긋한 사람이 한 명 있었다. 초록색 앞치마를 두른 채 풀밭 위에서 잠들어 있었다. 정말 그 당시의 바로 그 종업원 같았다. 지팡이로 그를 건드리자 그가 눈을 뜨며 뛰어올랐다.

　“죄송합니다, 손님. 간밤에 제대로 쉬지를 못했습니다.”

　그가 말했다.

　나는 놀라서 그를 쳐다보았다.

　“아직 모르십니까?”

　그가 머리부터 발끝까지 나를 자세히 훑어보며 말을 계속했다.

　“학우회 회원 분들이 글쎄 부활절 이후로 밤마다 이곳에서 연회를 연답니다.”

내 지인들 대부분이 이와 관련이 있음에도 불구하고 나는 정말로 모르고 있었다.

맥주와 빵 한 조각을 주문하며 우리는 나란히 홀로 돌아갔다. 열린 문을 통해 한낮의 햇볕이 들어오자, 바닥 한복판에 몇 방울의 검은 얼룩이 눈에 띄었다. 저녁 주점뿐만 아니라 그에 딸린 '결투'도 이 한적한 곳으로 옮겨왔음에 의심의 여지가 없었다.

"그런데 무엇 때문에 저 핏자국을 없애지 않는 건가요?"

내가 물었다.

"손님, 죄송합니다만 얼룩은 닦아도 지워지지 않습니다요. 저것은 그 당시 그 불행한 일이 여기서 일어났을 때 생긴 것입니다. 그 과격하던 젊은 학생이 갑자기 그렇게 말없이 새하얗게 질렸을 때 얼마나 난감했는지 모릅니다."

창백한 종업원이 대답했다

그와 동시에 나는 가난한 장교의 미망인이 하나뿐인 아들을 잃었던 그 사건을 기억해냈다. 내가 여행을 떠난 직후에 일어난 사건으로 짧은 시간 안에 작은 시골 전체에 관심사가 되었었다.

나는 홀을 나가서, 인생의 마지막 불유쾌한 흔적을 이곳에 남기고 간 피가 들끓던 그 젊은이를 생각하며 초록 벤치 한 곳에 앉았다.

얼마 뒤에 종업원이 주문한 아침식사를 가지고 왔다.

"오늘 저녁에는 좀더 나은 걸 드릴 수 있습니다."

그가 내 앞에 있는 탁자 위에 맥주잔과 접시를 내려놓으며 말했다.

"무도회가 열립니다. 그때마다 주인이 꼭 요리사를 부르시거든요."

"무도회라구요?"

나는 어리둥절해서 물었다.

"여기 이 숲 한복판에서 춤을 춘단 말입니까?"

"그러니까…… 매우 세련된 학생 신사분들이 그렇게 만들었습니다."

그는 대답을 하며 그리 세련되지 못한 내 옷차림을 업신여기듯 쳐다보았다.

갑자기 고향에 있을 때 친구로부터 받은 편지의 한 구절이 떠올랐다.

'마녀의 연회라고 부른다네. 아주 시끌벅적하게 돌아가지!'

그런 내용이었다. 그게 무엇에 관한 것이었는지 알았으나 그 장소를 잊고 있었던 것이다.

종업원은 무도회를 그렇게 부르는 것에 대해 못마땅해 하는 것 같았다. 내가 여전히 마녀 운운하며 이것저것 캐묻고 있을 때 낯익은 대학생 둘이 산을 올라왔다. 그들은 나를 무시하고 문 다른 쪽 벤치에 앉았다. 날카로운 억양이 섞인 말투와 성난 표정으로 맥주를 주문했다. 그런 다음 종업원이 멀어져 가는 동안 띄엄띄엄 말들이 오고갔다. 가끔은 휘파람 소리나 커다란 하품으로 중단되기도 했지만 목전에 둔 파티에 관한 대화가 진행되고 있었다. 그 중 한 사람은 신입생으로 보였는데 처음 참석하는 무도회에 대한 예비지식을 선배에게 전수받는 중이었다. 파트너들에 대한 평가가 이어졌다. 간략하지만 한 사람씩 곱지 않은 인물묘사가 이어졌다. 예를 들면 엉터리 댄스 교사의 딸들과 댄스 교습소를 차리는 데 도와준 주벽이 있는 경관의 딸이라든가 그 뒤를 이어 낮에는 제 손으로 얼마 안 되는 빵을 스스로 벌어야 하는 애인이나 부모가 없는 한 무더기 처녀들에 관한 이야기였다.

그 사이 나는 말없이 아침 식사를 하고 있었고, 가끔 내 옆에서 빵 부스러기를 겁 없이 쪼아 먹는 피리새에게 모이를 던져 주었다.

"그런데 너, 백작 부인은 꼭 봐야 돼!"

선배인 듯한 학생이 콧수염을 꼬면서 다시 시작했다.

"루드비히, 그녀는 침모에 불과하지만 그 검은 눈으로 자넬 차갑게 노려보기라도 하면……. 그 오만한 매력에 빠지지 않을 수 없을걸."

"그런데 도대체 왜 백작 부인이라고 부르는 거죠?"

“그야 라우 백작의 여자니까 그렇지.”

이 말 때문에 내가 놀란 이유를 모르겠다. 나는 그 허풍쟁이 학생한테 자세한 것을 물어보려다가 집을 나설 때 집주인의 안방에서 마리를 본 것이 떠올라 그만두었다. 그리고 서둘러 산을 내려와 30분 쯤 뒤에는 그녀와 대화를 하고 있었다.

“그럼 로레를 오랫동안 보지 못하셨단 말이에요?”

그녀는 잠시 침묵을 지켰다.

“더 이상 그녀와 만나지 않으니까요.”

일감에 눈길을 주며 그녀가 말했다.

“하지만 예전엔 좋은 친구 사이였던 것 같은데…….”

“그야 옛날 일이지요!”

그녀는 방금 마무리를 끝낸 바느질감의 솔기를 손톱으로 몇 번 문질렀다.

“하지만 그녀가 밖에서 대학생들과 춤추게 된 이후로는 사정이 많이 달라졌어요. 그녀가 늙은 아주머니 집에 가본 지도 오래됐을 거예요. 그리고 유언장 내용도 분명 달라졌을 테고…….”

그러니까 나는 사실을 확인한 셈이었다. 크리스토프는 얼마 후에 빌려간 돈을 짧은 소식과 함께 보내왔다. 숙부 내외와 나이든 사촌누이가 친절하게 받아주었고, 일도 충분히 있다는 내용이었다. 그 이후로 더 자세한 것은 그에게서나 로레에게서나 더 듣지 못했다.

"그런데 도대체 어쩌다가 그녀가 그렇게 되었나요?"

나는 잠시 후 부지런히 일하는 그녀에게 물었다.

"그러니까……."

그녀가 잠시 바늘을 일감에 꽂으며 말했다.

"그게 성령강림절이 있기 두 주 전이었을 거예요. 로레는 오래 전부터 말수가 줄었어요. 처음에 난 목수가 편지를 안 보내서 그러나 보다 생각했지요. 하지만 가끔 그런 생각이 들더군요. 혹시 그 약혼 자체가 그애에게 고통스러운 것은 아닌지, 약혼에 대해 스스로 확신이 없는 것은 아닌가 하는……. 그녀는 나에게, 혹은 그 귀족 신사들 중 누군가에게 심한 말로 상처를 주는 것을 전혀 마음에 두는 것 같지 않았어요. 하지만 제일 심할 때가 발하우스에서 흘러나오는 음악을 들을 때였지요. 왜냐하면 목수한테 춤추러 가지 않겠다고 약속했었거든요. 그러던 어느 날 저녁이었어요. 내 방 앞 벤치에 우리는 앉아 있었지요. 바로 그때 어제 타향에서 막 돌아온 재단사인 내 조카가 다른 기능공들과 함께 우리한테 놀러왔지요. 그애는 장래를 위하여 라인 강 아래 지역의 몇 군데 도시에서 일을 배우고 왔어요. 누군가 그애에게 물었지요. '그럼 자네 크리스토프 베르너도 만났나?' '그 목수? 물론 만났지. 그 사람 팔자가 폈더군.' '어떻게 말인가?' 또 다른 누가 물었지요. '어떻게 폈냐 하면 말이야. 사장 딸하고 결혼을 한다네. 그러니까 알 만하지?' 조카가 손가락으로 돈 세는 시늉을 해 보였어요. 이 대화를 듣고 나는 불안해 죽는 줄 알았어요. '넌 겁도 없이 함부로 지껄이는구나. 잘 알지도 못하면서!' 하고 내가 조카를 나무랐지요. '아, 이모, 함부로라뇨? 제가 이 두 눈으로 확인했다니까요. 신혼 침대를 만드느라 대패질을 하고 있었단 말이에요!' 조카가 소리치더군요. 아, 이 말에 로레는 아무 말 없이 벤치에서 일어나서 모자를 들고 뒤도 안 돌아보고 가버리더군요. 왜 저러느냐고 조카가 묻더군요. 나도 모르겠다고 대답했지요. 나는 정말로 그녀가 왜 그러는지 모르겠더라고요. 사실 그녀와 목수는 뜨거운 사이도 아니었는데다 목수가 로레를 따라다닌 경우였고, 그녀는 승낙을 하기 전에 많이 망설인 걸 내가 잘 알거든요. 그리고 그 대학생하고의 일에 관해서라면, 그가 고집 센 로레의 성격에 그렇게 완전히 반했을 거라고는 생각되지 않아요.

얼마 동안 재단사인 조카가 들려주는 얘기를 듣고 있었지요. 하지만 그저 건성으로 들을 뿐이었고, 더 참고 들을 수가 없더라고요. 아무리 그래도 로레가 걱정이 되어서 말이에요.

그래서 그애를 뒤따라갔지요. 짐작했던 대로 그녀의 아주머니가 그릇 광주리를 넣어 두던 집 지하 골방에서 그녀를 만났어요. 로레는 그 방 한가운데 백묵처럼 하얀 얼굴로 서서

턱에 피가 흘러내릴 정도로 입술을 깨물고 있더군요. 서랍과 상자란 상자는 모두 열어젖혀 두고, 얇은 망사와 리본이 주위 방바닥에 어지럽게 널려 있더군요. '로레, 이게 다 뭐니?' 내가 물었지요. 그러나 내 말을 듣고 있는 것 같지는 않았어요. '일요일에 발하우스에서 무도회가 열리나요?' 그녀가 묻더군요. '발하우스? 그게 너하고 무슨 상관이지?' '나도 춤을 출 거예요!' '뭐라구? 네 애인이 알면 어떻게 하려구?' '이제 그 사람과 난 아무 상관없어요!' 그 말을 하면서 모자를 쓰고 서랍장에서 숄을 꺼내들었지요. 그런 다음 그애가 돈을 넣어 두는 작은 상자를 열었어요. 비록 치장을 하느라 대부분의 돈을 써버리긴 했지만, 그래도 그애는 자존심이 세서 결혼할 때 신랑한테 맨손으로 가고 싶어 하진 않았거든요. 돈을 싸놓았던 종이를 찢더니 풀어진 돈을 지갑에 넣더군요. '시장에 갈 건데 같이 갈래요?' 그녀가 묻더군요. 그녀가 뭘 하려는지 몰랐지만, 어쨌든 그녀가 걱정되어 나도 같이 갔지요. 왜냐하면 춤추러 가겠다는 걸 다시 한 번 더 말려볼 심산이었거든요. 하지만 그게 다 소용없는 짓이었어요. 그애는 마치 내가 없다는 듯 거리를 걸었고, 대답도 안 하고, 내 쪽은 쳐다보지도 않았거든요.

시장에 있는 포목상 진열장 앞에 이르자 그애는 두툼한 비단 리본과 최신 면사를 보여 달라고 했지요. 예전에 시의 상류층 숙녀들을 위해 그애가 일하던 물건들이었어요. 그애는 이리저리 뒤적거려도 보고 뒤죽박죽 던지기도 하더군요. 점포 직원이 다른 물건들도 꺼내놓았어요. '옷을 주문하신 숙녀 분께 가격이 문제가 안 된다면!' 그가 말을 하며 맑고 투명한 천 아래에서 손을 뻗어 보였어요. '그녀한테 가격은 문제되지 않아요.' 하고 로레가 말했어요. 나는 몰래 점원에게 신호를 보냈어요. 그 비싼 물건은 그애가 사려고 하는 것임을 잘 알고 있었으니까요. '로레, 제발 부탁이다, 잘 생각해 봐. 그 비싼 걸로 네가 뭘 하겠다는 거냐?' 내가 조용히 말했어요. 하지만 그애는 마음을 돌리지 않았고, 점원한테 천을 자르게 했어요. 그리고 마침내 탁자 위에 그 힘들게 번 아까운 돈을 올려놓았지요. 그 돈을 위해 며칠을 고생하며 일해야 하는지 알지 못한다는 듯이 말이에요. '내버려 두세요. 나도 한 번쯤은 이런 걸 입고 싶었어요. 이 도시에서 제일 아름다운 숙녀도 별것 아니던 걸요!' 내가 그녀의 팔을 잡자, 그녀가 이렇게 말하더군요. 그런 다음 집에 가서 이틀을 꼬박 앉아서 그 옷을 완성했지요."

마리는 바늘에 새 실을 꿴 다음 이야기를 다시 계속했다.

"일요일 밤 늦은 저녁, 로레는 검은 머리에 하얀 백합을 꽂고서 발하우스로 갔어요. 그 얘기는 내 조카한테서 들었어요. 조카도 춤추는 자리는 빠지지 않는 한량이거든요. 처음에 그

애는 그저 가만히 앉아 있었다는군요. 젊은 직공들은 그녀한
테 용기를 내지 못하고 있었고, 대학생들은 그애 스스로 차례
차례 퇴짜를 놓았다지요. 그녀를 둘러싸고 거의 소동이 일 지
경이었다는군요. 그 창백한 귀족 학생, 거 뭐라고 불리더
라……."

"라우 백작!"

내가 말했다.

"맞아, 그도 역시 그 자리에 있었다더군요. 처음엔 그도 그
녀를 전혀 거들떠보지도 않았대요. 하지만 결국에는 두 손을
들었다지요. 그녀가 너무 아름다웠기 때문이래요. 마치 동방
에서 온 듯 신비로웠다고 사람들이 말했다지요. 그가 로레의
자리로 다가가자 그애는 핏빛처럼 새빨개졌다고 하더군요.
그리고 온몸을 떨고 있다가 마침내 일어나서 그에게 손을 건
넸다는군요. 그 남자는 그녀를 빨아들일 듯 쳐다보더라고 조
카가 그러더군요. 그녀는 그 밖에는 누구하고도 춤추지 않았
대요. 악사들이 바이올린을 집어넣을 때까지 둘이서만 줄곧
춤을 추느라 자리로 돌아오지도 않았대요."

그리고 마리는 입을 다물었다. 머리 속에서 자신이 들려준
이야기로부터 도덕을 끌어내기라도 하는 듯, 그저 '그렇지,
그랬겠지!' 만 내뱉었다. 그런 다음 이전보다 더 부지런히 일
을 계속했다.

　나는 오늘 저녁 '마녀의 연회'에 가서 내 눈으로 직접 확인하기로 결심했다.

숲 속에서

　벌써 어둑어둑했다. 언덕을 넘어 나무 기둥 사이로 길을 찾으려고 노력하는 동안, 후텁지근한 바람이 숲을 넘어왔다.

　돌계단을 올라가자 나는 무의식적으로 멈춰 섰다. 내 옆쪽에서 아가씨들 몇이 나무 사이를 빠져나가 집 옆쪽으로 사라지는 것을 보았다. 중간 휴식 시간인 듯했다. 불이 밝게 빛나고 있는 홀 안쪽에서 악사들이 바이올린을 조율하는 소리가 들렸다. 열린 날개 문을 지나자 대학생들과 숙녀들이 활기차게 대화를 주고받고 있었다. 도저히 곧장 안으로 들어갈 기분이 나지 않았다. 눈앞에 소녀의 사랑스럽던 아이 적 모습이 떠올랐다. 불쌍한 그녀의 아버지 목에 매달리던 소녀를 보았다. 소년 시절 내 열정을 그녀가 얼마나 끈질기게 피했던가도 기억했다. 갑작스런 고통이 내 가슴 안에서 싸우고 있었다. 그것이 연민인지 질투인지는 나도 알 수 없었다.

　마침내 나는 작은 홀의 계단 두 개를 딛고 올라가서 문기둥

옆 눈에 띄지 않는 자리를 잡았다. 아직 휴식 시간이 끝나지 않아 소란스러웠다. 옆 탁자의 학생들은 대화를 나누며 맥주잔을 달그락거렸고, 숙녀들은 깔깔거리며 돌아다니고 있었다. 흥이 나서 질러대는 고함 소리가 가끔 홀 안을 떠돌았다.

이 숙녀들 중에는 품위 있는 얼굴들도 있었다. 정열적인 커다란 눈에 앳된 모습들, 근심 없는 인생의 향락이 담긴 표정과 약간의 고통스러운 듯한 표정으로 해서 오히려 매혹적으로 보이는 얼굴들이었다. 그들은 가난해도 모두 깨끗하게 차려입고 있었다. 속이 비치는 밝은 색 옷감에, 공들여 땋은 머리에는 꽃 모양 장식이나 싱싱한 생화를 꽂고 있었다.

그러나 그런 노력도 그들의 춤 파트너들에게는 마찬가지의 배려를 하게 하지는 못했다. 왜냐하면 특히 나이가 어린 층이나 소위 ‘우두머리’들 몇몇은 숙녀들 면전에서 탁자나 벤치 위에 스스럼없이 발을 올려놓고 있었기 때문이었다.

로레의 모습은 금방 눈에 들어왔다. 그녀는 건너편 당구대가 있는 방에서 더 어려 보이는 숙녀 둘 사이에 앉아 있었다. 양 옆의 숙녀들은 그녀에게 끊임없이 말을 걸고 있었고, 반면 그녀는 무관심하게 앞만 바라보고 있었다.

그녀는 이 계절에는 드문 백장미를 머리에 꽂고 있었다. 그러나 그녀의 얼굴은 이미 장미의 계절이 지나간 뒤였다. 그 가녀린 창백한 뺨 위에 더 이상 홍조는 빛나지 않았다.

라우 백작도 보았다. 다리를 꼰 채, 피곤한 듯 홀의 다른 쪽에 앉아 있었다. 나는 그와 가까운 곳에 서 있었다. 악사들이 악기를 손에 들자, 어린 학생들 중 한 명이 그에게 다가갔다.

"로레 양하고 이번 춤을 추게 해 주세요!"

그가 수줍어하며 말했다.

"다음 기회에, 이 애송이야!"

라우 백작이 대답하고는 창백한 그의 머리를 벽 뒤로 기대었다. 음악이 연주되었다. 춤 상대를 데리러 그 혼자만 일어서지 않았다. 그는 느슨하게 손을 들더니 그녀를 향해 손가락으로 오라는 신호를 보냈다. 나는 그녀가 분노에 찬 눈빛을 그를 향해 던지는 것을 보았다. 그런 다음 그녀는 일어서지 않고, 손으로 눈을 가렸다. 라우 백작은 이맛살을 찌푸렸다. 그리고 잠시 후에 벌떡 일어서더니 방을 가로질러 그녀 앞까지 걸어갔다. 여전히 그녀가 쳐다보지 않자, 그는 그녀에게 팔을 둘러 빠른 동작으로 그녀의 몸을 위로 끌어올렸다. 몇 마디 격한 말이 오가는 것 같았다. 나는 너무 멀리 떨어져 있어서 그들의 대화를 알아들을 수는 없었다. 그들은 다른 쌍들의 앞으로 나아가 춤을 추기 시작했다.

그녀는 성숙한 모습이었지만 겨우 그의 가슴께나 닿을 정도의 키였다. 나는 그들을 오랫동안 지켜보았다. 그녀는 고개를 뒤로 젖히고 그의 팔에 거의 들리다시피 발끝으로 바닥만

스치며 미끄러져 갔다. 그는 그녀 위로 몸을 숙이고 있었는데 그 눈빛은 맹수처럼 날카로웠다. 입술을 꽉 다물고 마주 보는 그녀의 얼굴 위로 그의 시선이 머물러 있었다. 춤이 끝나자 그녀의 자리로 이끈 다음 팔을 빼고 의자에 가볍게 앉혔다.

휴식 시간은 짧았다. 곧 방 안 전체에 동요가 이는 듯싶더니 음악이 아주 빠른 속도로 연주되었다. 그들은 짝을 지어 몰려나가 일렬로 죽 늘어섰다.

춤은 새롭게 시작되었고, 웃음소리와 방종한 고함 소리가 좌중을 돌았다. 경박한 작은 발들이 점점 더 격렬하게 땅바닥의 검은 얼룩 위로 미끄러져 갔다. 결국 그 격렬한 동작은 회전하는 도중에 사나이들이 불쌍한 파트너들을 바닥으로 쓰러뜨리는 것으로 이어졌다.

그러자 순식간에 음악이 멈추었다. 사나이들이 웃으면서 파트너들 위를 뛰어넘는 동안, 그녀들은 화끈거리는 얼굴로 일어나서 머리 모양을 매만지거나 힘들게 마련한 파티복에서 먼지를 털어 냈다. 그것이 아직도 남아 있는 어린아이 적 파괴 본능의 잔재인지 혹은 그 영향력에서 벗어날 수 없는 모든 사람들 속에 내재한, 반항하고 싶은 욕구인지는 모르겠다. 대학생들은 오만하게 여자들을 멸시하고도 전혀 만족하지 못하는 것처럼 보였다.

내가 주목하고 있던 로레는 라우 백작이 인도한 자리에 외

롭게 앉아 있었다. 그녀는 모든 춤에 아무도 그녀에게 신청조차 못하도록 강요당한 것처럼 보였다.

콘트라댄스가 대단히 성대하게 치러진 직후, 나는 아는 사람 한 명과 옆방으로 갔다. 우리보다 나이 많은 학생들을 만나 맥주잔을 앞에 둔 채, 공동의 관심사인 목전에 닥친 국가고시에 대한 대화에 열중했다.

옆방에서 음악이 멎자, 춤추던 몇 쌍이 우리가 있는 탁자로 왔다. 로레를 대동한 라우 백작도 그 속에 있었다. 그가 메뉴판을 훑어보는 동안, 그녀는 그의 옆에 앉아 있었다. 그리고 종업원이 곧 접시 몇 개와 샴페인 한 병을 두 사람 앞에 놓았다. 코르크 마개가 조심스럽게 빠져나왔다. 라우 백작은 샴페인 마개를 요란하게 따는 걸 싫어했다. 샴페인 잔으로 거품이 흘러넘쳤다. 간소한 음식을 대접받은 다른 처녀들이 자신의 파트너를 몰래 팔꿈치로 쳤다. 그리고 나의 주의 역시 곧 이 한 쌍에게 집중되었다. 로레는 창백한 얼굴을 한 손에 받치고 있었고, 다른 손으로는 가득 찬 유리잔을 무심히 만지작거리고 있었다. 라우 백작은 느긋하게 종달새 스튜를 즐기며 말없이 샴페인을 홀짝거렸다.

"로레, 안 먹을 거야?"

그러자 그녀가 고개를 저었다.

"먹고 싶지 않다고? 뭐 그럼 좋을 대로 해!"

그는 잠시 그녀를 쳐다보다가 덧붙였다. 그런 다음 그는 술을 따르고 식사를 계속했다.

로레는 그 사이 잔을 입술로 가져가서 목이 마른 듯 단숨에 마셔 버렸다. 피곤한 듯 여전히 손으로 받치고 있는 고개는 들지 않은 채 병을 쥐고 천천히 빈 잔을 채웠다. 술은 서서히 흘러내려 차츰 거품이 넘칠 정도로 가득 차올랐다. 그녀의 눈은 마치 그녀의 인생이 술병에서 새어나오는 듯 절망이 담긴 표정으로 지켜보고 있었다. 그녀는 잔이 넘쳐 거품이 탁자 위로, 또 바닥으로 흐르는 것에 개의치 않았다. 다른 손으로는 비단 같은 검은 머리카락을 점점 더 움켜쥐는 것 같았다.

"아름다운 숙녀여!"

갓 수염이 난 잘생긴 청년이 사정하듯 그녀를 향해 빈 잔을 들어보이며 속삭였다.

"그대의 넘치는 풍요로부터 한 방울 적선하시길!"

로레는 쳐다보지 않았다. 그러나 나는 그녀의 입술 주변이 일그러지는 것을 보았다.

"뭐야, 애송이! 무슨 일이야?"

그때까지 자기 잔에만 관심 있던 선배 중 한 명이 물었다.

"오, 이런! 그렇게 흘리면 낭비지!"

갑자기 그가 소리치며 손으로 처녀의 팔을 잡았다. 라우 백작은 술이 흘러내리자 몸을 옆으로 살짝 비킬 뿐이었다.

"그녀를 내버려 둬. 천성이 원래 그러니까. 안 그래, 로레?"

그가 미소를 지었다. 그리고 그녀 쪽으로 몸을 돌리면서 덧붙였다.

"우리 둘 다 낭비하는데 뭐가 있거든!"

그녀는 술병을 탁자 위에 내려놓았다. 그리고 규명할 수 없는 증오에 가득 찬 눈길을 그에게 던졌다. 그런 다음 일어서서 홀로 통하는 문을 향해 걸어갔다. 그러나 동시에 그도 그녀와 함께 벌떡 일어섰다. 준수한 얼굴이 노기로 일그러져 엉망이 되어 있었다.

"무슨 짓이야!"

그가 속삭이며 그녀의 팔을 거칠게 잡았다. 그녀는 팔을 빼려고 하지 않고 그저 멈추어 섰다. 그녀의 빛나는 검은 눈은 물음을 던지듯 그리고 경멸하듯 그를 쳐다보고만 있었다. 그는 잠시 참고 있었다. 그런 다음 손을 거두었고, 짧은 웃음을 터뜨리며 다시 탁자로 돌아가서 천천히 병을 기울여 남은 술을 따랐다. 나는 로레가 홀 문을 지나서 춤추는 사람들 사이로 사라지는 것을 보았다.

나는 심장이 터질 것 같았다. 구석에 앉아 그 모든 것을 지켜보았던 것이다. 잠시 후 일어나서 그녀를 찾으러 홀로 들어섰다.

춤추는 사람들 사이에 그녀는 없었다. 왈츠를 추는 사람들 사이를 비집고 들어서자, 오목하게 튀어나온 한 창가에 그녀가 서 있는 것이 보였다. 꼼짝 않고 혼잡함 속을 응시하고 있는 것 같았다. 그녀의 얼굴은 머리에 꽂은 백장미만큼이나 그렇게 창백했다.

"저를 기억하시겠죠?"

그녀에게 다가서며 물었다.

짙은 홍조가 일순간 그녀의 얼굴에 퍼졌다.

"아, 물론이죠!"

그녀가 낮게 말했다.

"춤출까요, 로레?"

그녀는 손을 건네며 고개를 깊이 숙여 그녀의 눈을 쳐다볼 수가 없었다. 그러나 그녀의 작고 하얀 이가 얼마나 입술을 꽉 깨무는지 나는 보았다.

그렇게 우리는 함께 춤을 추었다. 단지 한두 차례였다. 왜냐하면 그녀 역시 내게 춤이 중요한 게 아님을 느꼈을 것이기 때문이었다. 우리는 곧 양 날개가 넓게 젖혀진 커다란 현관문 앞에 나란히 섰다. 무의식적으로 바깥에 시선을 주었다. 칠흑처럼 어두웠다. 가까이 있는 너도밤나무 줄기만 떨어지는 불빛에 빛나고 있었다. 그러나 흔들리는 밤 공기의 흐름이 상쾌하게 우리를 향해 불어왔다. 한쪽에서는 날카로운 바이올린 소리와 춤추는 사람들의 발 구르는 소리가 내 귀를 때리는 반면, 동시에 바깥에서는 숲의 나무들이 꿈결처럼 조잘대는 소리가 들렸다.

그녀는 말없이 눈을 바닥에 깐 채 내 옆에 서 있었다. 나는 용기를 냈다.

"크리스토프는 어떻게 지내나요?"

내가 물었다.

그녀는 놀라 잠시 움찔하더니, 내가 이해할 수 없게 뭐라고 중얼거렸다. 그러나 그녀의 창백한 뺨에 진홍색 얼룩 두 점이 선명했다.

"뭐라고 할까요? 그가 만일 이 자리에 있다면!"

내가 말했다.

나는 그녀가 호흡을 가다듬고 경련을 일으키듯 늘어뜨린 손으로 원피스를 움켜잡는 걸 보았다.

"오, 제발!"

그녀가 낮게 내뱉었다.

"제발 여기선 얘기하지 말아요, 이곳에서만은!"

"그럼 어디서 말인가요? 내 말 듣고 싶은 거요, 로레?"

그녀는 나를 올려다보았다.

"밖에서요."

그녀가 조용히 말했다.

"곧 밖으로 나갈게요. 이 춤이 끝나면 퇴장하기로 해요! 방금 전 당신이 옆방에 앉아 있는 것을 봤을 때부터 부탁하고 싶었어요."

우리는 다시 한 번 더 춤을 추었다. 그런 다음 나는 그녀를 자리로 안내했고, 작은 회랑으로 난 문을 지나 밖으로 나갔다. 멀리서 천둥이 쳤다. 밖으로 난 두 계단을 디디고 내려설 때 멀리서 번개가 쳤다. 한순간 바다 아래까지, 나뭇가지 하나하나와 아래쪽에서 반짝이는 수면을 구별할 수 있을 정도였다.

나는 집 주위를 둘러서 구주희대까지 걸어간 다음 그곳에서 그녀를 기다렸다. 오래지 않아 하얀 치마가 반짝이는 것을 보았다. 그리고 스치듯 가벼운 발걸음을 느꼈다. 그리고 곧 그녀가 숨을 깊이 내쉬며 내 앞에 서 있었다.

그렇게 마침내 나는 그녀와 단둘이 되었다. 여름밤 어둠 속에서, 그러나 세월이 많이 흐른 뒤였다. 그녀에게 말을 건네기 전에 그녀가 지갑에서 종이 한 장을 꺼냈다. 번개의 섬광이 그 위로 지나갔다. 편지였다.

"크리스토프한테서 온 거예요."

무의식적으로 그것을 향해 펼쳐든 내 손에 편지를 건네며 로레가 말했다.

"크리스토프한테서! 편지를 언제 받았소?"

내가 소리쳤다.

“오늘이에요!”

그녀가 낮은 목소리로 대답했다.

“그런데도 오늘 이곳으로 왔단 말이오?”

그녀는 침묵했다.

“로레, 편지를 읽어도 되겠소?”

“그걸 부탁드리려고 했어요.”

나는 집 뒤쪽 정면 홀의 밝은 창가로 갔다. 로레는 천천히 나를 따라왔다. 내가 읽는 동안 그녀의 눈이 끊임없이 나를 향해 있는 것을 느꼈다.

긴 편지였다. 크리스토프는 자신의 무소식을 변명하고 있었다. 그는 숙부의 사업을 물려받았다고 한다. 그러나 사촌누이와 부유한 굴뚝 청소부와의 혼인에 모든 것이 달려 있었기에, 오랫동안 해결을 보지 못했다고 했다. 그리고 마침 고향에서 온 호기심 많은 재단사가 그를 방문했을 때는 모든 것이 또다시 불확실해졌고, 그는 사촌누이의 신혼 방에 놓을 세간 만드는 일로 바빴다고 했다. 그러나 마침내 이제 모든 것이 정리되었고, 사촌누이는 결혼식을 올렸으며, 그 자신도 며칠 뒤에 그 도시를 떠나 사업할 것이라고 했다. 그런 다음 자신이 그녀를 데리러 오기 위해 떠날 처지가 못 되니 그녀더러 오라고 초대하고 있었다.

“당신 대답을 받는 즉시……”

편지의 마지막 말이었다.

"여행 경비를 보낼게. 벌써 정확히 세어서 봉투에 넣어 두었어. 집은 당신도 쉽게 찾을 거야. 문 앞에 있는 초록색 벤치 옆에 보리수가 서 있어. 당신 부모님이 살던 고향집처럼. 젊은 제자들을 위해 내가 직접 꾸민 방은 보리수 그늘로 완전히 덮여 있어."

나는 편지를 접어 돌려주었다. 그러나 로레는 고개를 흔들었다.

"필립 씨, 그에게 편지해 주세요!"

눈물이 방울방울 뺨을 타고 흐르며 그녀가 말했다. 그리고 가까스로 조용히 덧붙였다.

"그는 아직도 나를 잊지 않았어요."

"그럼 당신은 가지 않을 거요?"

내가 물었다.

그녀가 너무나 절망에 찬 눈빛으로 나를 쳐다보아서 그녀에게 질문한 것을 후회했다.

"로레, 이젠 어떻게든 해볼 수 없단 말이오?"

그녀는 이마를 유리창에 기대며 고개를 숙였다. 백장미는 여전히 향기를 뿜으며 윤기 나는 검은머리에 꽂혀 있었다.

"그가 살았을 적에는 단지 불쌍한 남자에 지나지 않았죠."

그녀가 말했다. 그리고 그녀의 목소리는 억누르는 오열 속

에서 거의 갈라지고 있었다.

"하지만 그래도 그는 내 아버지였어요. 그리고 이 세상 누구도 그분처럼 날 사랑해 주진 않았어요. 아버진 지금의 내 처지를 알아도 나를 내치지 않으셨을 거예요."

그녀가 그렇게 말하고 나자, 우리는 둘 다 침묵했다. 단지 나도 모르는 사이에 내가 그녀의 두 손을 잡았다. 그녀는 가만히 있었다. 그때 집 반대편 홀 쪽에서 라우 백작이 그녀의 이름을 부르는 소리가 들려왔다.

그녀는 놀라 움찔했다.

"로레, 도대체 저 사람한테서 벗어날 수 없나요?"

그녀의 큰 눈이 슬프게 나를 쳐다보았다.

"아, 물론 그럴 수 있어요!"

그녀가 낮은 목소리로 말했다. 나는 그녀의 입가에서 미소를 본 것 같았다. 그러나 뭔가를 숨기고 있는 것 같은 그런 미소를. 다시 한 번 더 가까이에서 라우 백작의 목소리가 들려왔다.

그녀는 황급히 눈물을 닦았다.

"안녕, 필립, 안녕히!"

그녀가 속삭였다. 나는 작은 두 손이 내 손을 힘주어 잡는 것을 잠시 느꼈다. 그런 다음 그녀는 멀어져 갔다.

얼마나 오랫동안 나무 아래를 왔다 갔다 했는지 나도 모르겠다. 홀 내부에서 갑자기 음악이 그치고 그 대신 숲 속 깊은 곳에서 부엉이가 우짖는 소리가 들리자 비로소 다시 정신을 차렸다.

그런 다음 인도로 난 돌계단으로 가기 위해 집 앞을 지나갈 때, 로레를 다시 한 번 더 보았다. 그녀는 팔로 기둥을 껴안은 채 회랑 아래에 서서, 나무 사이로 방금 번개가 수면 위로 번쩍이듯 비춘 바다를 내려다보며 서 있었다.

바닷가에서

나는 오랫동안 잠을 이루지 못했고, 어떻게 하면 어머니의 도움으로 로레에게 다른 피신처를 모색해 줄지 그 계획을 궁리하며 머리를 베개에 파묻고 있었다. 어쩌면 가장 어려운 일은 그녀에게 그런 것을 받아들이도록 설득하는 일인지도 몰랐다.

다음날 아침 늦게 잠에서 깨어나자 어릴 적 그의 별명대로 프리츠 시장님이 내 침대 앞에 서서 악의 없는 눈으로 내게 미소를 보내고 있었다. 우리는 소파에 나란히 앉았다. 프리츠는 하이델베르크에 두고 온 우리 친구들에 대한 소식을 잔뜩 가지고 왔다. 그러나 나는 귀를 반만 열어둔 채 듣고 있었다. 내 생각은 지난 밤 겪었던 일에 가 있었다.

얼마 뒤 우리는 내 제안에 따라 집을 나와 그늘진 느릅나무 가로수 길 옆 바닷가를 나란히 걸어갔다. 나는 내 마음의 짐을 덜고 싶어 그에게 로레에 관한 것과 내가 알고 있는 일들에 대해 들려주었다. 프리츠는 말없이 듣고만 있었다. 그리고 가끔 길가의 돌을 발로 걷어차거나, 손에 몽둥이라도 들고 있는 듯 허공을 치는 시늉을 하며 낮은 목소리로 욕설을 중얼거렸다.

그러나 이는 몸짓에만 그치지 않았다. 8일 후 그는 라우 백작과 결투장에 마주섰던 것이다. 그러나 라우 백작의 치명적인 일격으로 프리츠는 칼자국을 지니게 되는데, 지금도 그가 화를 낼 때마다 이마 위에서 붉은 섬광처럼 반짝이고 있다.

우리가 숲으로 나와 댄스홀로 난 언덕으로 올라가는 샛길에 이르렀을 때, 나무 건너편 바닷가에 사람들이 둘러서서 웅성거리고 있는 것이 보였다. 그들은 물가에 몰려 있었는데, 바닥에 있는 뭔가를 보고 있는 것 같았다. 그때 어부 차림의 남자가 길을 올라왔다.

"무슨 일입니까?"

내가 지나치며 물었다.

"좋은 일은 아닙니다. 어떤 아가씨가 사고를 당했습니다."

"로레!"

나는 소리치며 무의식중에 친구의 손을 잡았다.

"도대체 무슨 소릴 하는 거야!"

프리츠가 깜짝 놀라서 거부하듯 내뱉었다.

우리는 무언의 동의하에 나무를 지나 바닷가로 내려갔다. 그동안 아래에 모여 있는 사람들이 서로 말을 주고받는 것이 들렸다.

"뭐가 부족해서 그랬을까?"

어느 거친 목소리가 말을 했다.

"분명 부잣집 숙녀임에 틀림없는데! 아주 쫙 빼입고 물 속으로 들어갔구먼."

그런 다음 다시 조용해졌다. 오직 파도만이 아침 공기 속에 쏴쏴 소리를 내고 있었다.

우리는 어둑한 나무숲에서 모래사장으로 빠져나갔다. 우리 앞에 펼쳐진 눈부신 햇살 때문에 거의 눈이 머는 줄 알았다. 그리고 이 눈부신 햇살 아래 그녀가 누워 있었다. 우리가 다가가자 어부들이 옆으로 비켜섰다. 그래서 우리는 쉽게 그녀를 알아볼 수 있었다. 의심할 여지가 없었다. 창백한 작은 얼굴이 모래 위에서 잠자고 있었다. 춤추던 작은 발은 이제 드레스 아래에서 움직이지 않고 정지해 있었다. 해초와 조개가 젖은 머리카락에 달라붙어 있었다. 백장미는 떨어져 나가고 없었다. 아마 바다 멀리 떠내려갔을 것이다.

　그날 아침 이후로 많은 세월이 흘러갔다. 도시의 교회 묘지에, 높은 잔디밭에서 조금 떨어진 곳에 하얀 대리석판이 놓여 있다. '로레 보르가르'라고 그 위에 적혀 있다. 독일의 서로 다른 지역에 사는 세 명의 고향 친구들이 세운 것이다.

삼색 제비꽃
Viola Tricolor

Viola Tricolor

삼색 제비꽃

(역주: 독일에서는 제비꽃을 흔히 시어머니꽃, 계모꽃이라고 부름)

그 큰 집안은 매우 조용했다. 그러나 복도에서부터 은은한 꽃향기가 풍겨 나왔다. 위층으로 통하는 넓은 계단 맞은편 문으로 정갈한 차림의 나이 많은 하녀가 들어섰다. 자기 뒤쪽의 문 자물쇠를 거는 그녀의 행동에는 엄숙함이 배어 있었다. 그런 다음 먼지 하나까지 마지막으로 검열하려는 듯 회색 눈으로 벽을 따라 훑어 내려갔다. 그녀는 만족스러운 듯 고개를 끄덕이며, 방금 두 번째로 음악을 연주한 종이 달린 오래된 영국 시계에 눈길을 주었다.

"벌써 반이라니! 교수님이 여덟 시에 손님들이 올 거라고 하셨는데!"

늙은 하녀가 중얼거렸다.

이어 지갑에서 커다란 열쇠 꾸러미를 꺼내들고는 집 뒤쪽에 있는 방들로 사라졌다. 그리고 다시 정적이 감돌았다. 바쁘게 움직이는 시계추 소리가 넓은 복도와 계단에 울려 퍼지고 있었다. 현관문 위의 바라지창을 통해 저녁 햇살이 쏟아져 들어와 시계 상자를 장식하고 있는 도금된 단추 위에서 반짝이고 있었다.

그때 가벼운 발걸음 소리가 위층에서 아래로 들려왔다. 곧

이어 열 살 정도 되어 보이는 소녀가 층계참에 모습을 나타냈
다. 깨끗하고 화려한 차림새였다. 빨강색 바탕의 하양 줄무늬
원피스가 그을린 작은 얼굴과 층층히 땋은 머리에 잘 어울렸
다. 소녀는 꿈꾸는 듯한 검은 눈을 맞은편 방문에 고정한 채
팔을 층계참에 올리고 머리를 팔에 올려놓은 다음 천천히 아
래로 미끄럼을 탔다.

　아래층으로 내려온 소녀는 엿듣는 듯 한순간 복도에 가만
히 서 있었다. 그런 다음 조용히 방문을 열어젖히고는 무거운
커튼 사이로 미끄러지듯 들어갔다. 양쪽 창문이 높은 집들로
둘러싸인 길가로 나 있었기 때문에 방 안은 벌써 어둑어둑했
다. 옆쪽 소파 위에 있는 은색 베네치아 식 거울이 어두운 녹
색 벨벳 양탄자 위로 빛나고 있었다. 거울은 이 한적함 속에
서 소파 옆 탁자 위에 있는 대리석 화병에 꽂힌 싱싱한 장미
꽃다발의 모습을 반사하도록 정해져 있는 것 같았다. 소녀는
바닥의 부드러운 양탄자 위를 발끝으로 살금살금 다가갔다.
문을 향해 고개를 돌리는 사이에 가냘픈 손은 벌써 꽃줄기 사
이에 닿아 있었다. 마침내 반쯤 봉오리가 열린 장미 한 송이
를 꽃다발에서 풀어내는 데 성공했다. 그러나 가시에 찔린 손
가락에서 빨간 핏방울이 흘러내렸다. 소녀는 재빨리 손을 입
으로 가져갔다. 서두르지 않으면 핏방울이 그 값비싼 식탁보
위로 떨어질 지경이었다. 그런 다음 들어온 대로 훔친 장미를

손에 들고 커튼을 지나 복도로 빠져나갔다. 역시 처음처럼 귀를 기울인 다음 재빨리 계단을 올라갔다. 그리고 위층 복도를 따라 마지막 문까지 걸어갔다. 노을 속에 제비들이 날고 있는 창 밖으로 시선을 보낸 다음 문고리를 밀었다.

아버지의 서재였다. 보통은 아버지가 부재중일 때는 발을 들여놓지 않는 곳이었다. 소녀는 경외심을 불러일으킬 정도로 수많은 책들이 있는 높은 서가 사이에 혼자 서 있었다. 소녀가 주춤거리며 문을 닫자 왼쪽에 난 창문 아래에서 개 짖는 소리가 들려왔다. 아이의 진지한 얼굴 위로 살짝 미소가 번져갔다. 소녀는 창가로 가서 아래를 내려다보았다. 저택의 넓은 정원이 잔디와 관목으로 펼쳐져 있었다. 하지만 소녀의 친구는 이미 다른 곳으로 가버린 것 같았다. 아무리 살펴보아도 찾을 수가 없었다. 그러자 아이의 얼굴 위로 그늘이 드리워졌다. 소녀에게는 분명 다른 목적이 있었지만 애완견 때문에 마음이 상한 것이다.

방 안에는 소녀가 들어온 문 맞은편에 또 다른 창이 서쪽으로 나 있었다. 그 옆 벽 쪽에 박식한 고고학자의 전유물인 커다란 책상이 있었다. 로마와 그리스에서 가지고 온 청동과 테라코타, 고대 신전과 가옥의 작은 모형, 과거의 잔해가 엿보이는 다른 물건들이 책상을 가득 채우고 있었다.

그런데 그 위에 푸른 봄 공기 속에서 걸어 나온 듯한 젊은 여인의 실물 크기 반신상 초상화가 걸려 있었다. 청춘의 왕관처럼 깨끗한 이마 위에 황금색 금발의 땋은 머리를 얹고 있었다. 전아(典雅)한(역주: 독어는 holdselig로 '참으로 우아한', '사랑스러운', '애교가 넘치는')—한때 그녀가 이 집 현관에서 손님들을 미소로 반길 때, 친구들이 그녀를 위해 이 고어(古語)를 다시 찾아내기까지 했다. 그녀는 지금도 여전히 그림 속에서 아이 같은 푸른 눈으로 아래를 내려다보고 있었다. 생전에 그녀에게서 볼 수 없었던 옅은 애수(哀愁)가 입가에 살짝 어려 있었다. 그래서 그 당시 초상화를 그린 화가는 심한 책망을 받았었다. 하지만 그녀가 죽은 이후에는 모두 그 그림이 실물과 흡사하다고 보는 것 같았다.

소녀가 발소리를 죽이고 다가갔다. 애정이 담뿍 담긴 눈으로 그 아름다운 그림을 올려다보고 있었다.

"엄마, 내 엄마!"

속삭이듯 말하는 소녀는 금방이라도 그녀의 품을 파고들 것처럼 보였다.

초상화의 아름다운 얼굴은 한결같은 표정으로 아래를 내려다보고 있었다. 소녀는 고양이처럼 민첩하게 앞에 놓인 소파를 타고 책상 위로 기어 올라갔다. 고집스럽고 뾰로통하게 입술을 내밀고 떨리는 손으로 장미를 황금색 액자 테두리에 고정시키려 애쓰며 그림 앞에 서 있었다. 일을 마치자 다시 아래로 내려가서 손수건으로 책상에 난 발자국을 지웠다.

그러나 소녀는 그렇게 조심스럽게 발을 들여놓은 그 방을 쉽게 떠날 수 없는 듯했다. 몇 발자국 문을 향해 다가서다가 다시 돌아섰다. 책상 옆 서쪽 창이 소녀를 끌어당기고 있는 것 같았다.

그 아래에도 정원이 펼쳐져 있었다. 좀더 정확히 말하자면 황무지 정원이었다. 그리 넓은 공간은 아니지만 무성한 잡풀이 자라 있지 않은 곳으로는 높은 울타리가 사방으로 보였다. 창 맞은편 울타리 근처에는 금방이라도 무너질 듯한 등나무 오두막이 있었다. 푸른 클레마티스 꽃으로 뒤덮인 그 앞에는 벤치도 하나 놓여 있었다. 오두막 맞은편에는 예전에 높은 줄기가 달린 키 큰 장미나무 넝쿨이 있었음에 분명했다. 그러나 그것은 말라죽은 잔가지처럼 화초를 떠받치는 색 바랜 막대기에 걸쳐져 있었다. 그 아래에는 수없이 많은 장미 꽃잎이 잔디와 잡초 위에 흩뿌려져 있었다.

소녀는 팔을 창문틀에 올려놓고 두 손으로 턱을 받친 채 동경에 가득 찬 눈으로 아래를 내려다보고 있었다.

등나무 오두막으로 제비 두 마리가 앞 다투어 들락거리고 있었다. 아마 그 안에 둥지를 튼 것이 분명했다. 다른 새들은 보이지 않았다. 작은 부리 울새 한 마리만이 시든 싸리나무의 제일 높은 가지에서 지저귀며 아이를 쳐다보고 있었다.

"네지, 도대체 어디 숨은 거야?"

부드러운 손길이 아이의 머리를 쓸어내리며 말했다.

늙은 하녀가 눈치채지 못하게 안으로 들어온 것이다. 아이는 고개를 돌려 피곤한 표정으로 쳐다보았다.

"안네, 한 번만이라도 할머니 정원에 들어갈 수 있다면!"

하녀는 그 말에 대답하지 않았다. 단지 입술을 꼭 다물고 동의하듯 몇 번 고개를 끄덕였다. 그런 다음 말했다.

"가자, 어서 가자! 차림새가 이게 뭐니? 금방 오실 게다, 아버지하고 새어머니가!"

그러면서 아이를 품에 끌어당겨 머리를 쓸어주고 옷을 바로잡아 주었다.

"아냐, 아냐. 네스헨(역주: 네지를 더 귀엽게 부르는 이름), 울면 안 돼. 분명히 착한 분이실 거야, 또 예쁘고. 네지, 너 예쁜 사람 좋아하잖니!"

그 순간 마차가 덜거덕거리는 소리가 도로에서 들려왔다. 아이가 잠시 움찔거렸다. 안네는 아이의 손을 쥐고 재빨리 방에서 빠져나왔다. 마차가 현관 앞으로 오는 것이 보였다. 두 명의 하녀가 벌써 현관문을 열어놓고 있었다.

안네의 말이 옳았다. 대략 마흔 살 정도 되어 보이는, 첫눈에도 네지의 아버지임을 쉽게 알아볼 수 있는 남자가 젊고 아름다운 한 여인이 마차에서 내리도록 손을 잡아 주었다. 그녀의 머리카락과 눈은 네지처럼 검은색이었다. 너무 젊지만 않았다면, 언뜻 보아서는 친어머니로 보일 수도 있었을 것이다. 무언가를 찾는 듯 그녀가 이리저리 둘러보는 가운데 인사가 오갔다. 그는 서둘러 그녀를 싱그러운 장미꽃 향기가 배어 있는 집 안으로 이끌었다.

"여기서 우리가 함께 살 거요."

그녀를 부드럽게 소파에 눌러 앉히며 네지의 아버지가 말했다.

"당신의 새 보금자리인 이곳에서 휴식을 취하지 않고선 이 방을 나갈 수 없소!"

그녀는 애정 어린 눈빛으로 그를 올려다보았다.

"그럼 당신이 함께 있어 주겠지요?"

"우리 집 보물 중에서도 최고의 보물을 당신한테 갖고 오리다."

"그래요. 루돌프! 당신의 아그네스(역주: 네지는 아그네스의 애칭)! 방금 전에 그애는 어디 있었죠?"

그는 벌써 방을 나가고 없었다. 그들이 도착했을 때 네지가 안네 뒤로 숨는 것을 아버지는 놓치지 않았다. 딸이 복도에서 길을 잃은 듯 서 있는 것을 보자, 두 팔로 아이를 높이 치켜들어 안고 방으로 들어갔다.

"자, 여기 네지가 있소!"

그는 아름다운 새어머니의 발치 양탄자 위에 아이를 내려놓았다. 그런 다음 처리할 일이 더 있는 듯 밖으로 나가 버렸다. 두 사람이 친해지기를 바랐던 것이다.

네지는 천천히 일어서서 새어머니 앞에 말없이 서 있었다. 둘은 서로를 살피듯 눈을 쳐다보았다. 정답게 다가오기를 예상하고 있었던 여인이 마침내 소녀의 손을 잡고 진지하게 말했다.

"이제 내가 네 어머니인 걸 너도 잘 알고 있겠지. 우리 서로 잘 지내지 않을래, 아그네스?"

네지는 옆을 쳐다보았다.

"그럼 어머니라고 불러도 돼요?"

네지가 수줍게 물었다.

"물론이지, 아그네스! 네가 하고 싶은 대로 불러. 엄마든 어머니든 네 맘에 드는 걸로 부르렴!"

아이는 난처하게 그녀를 올려다보고 불안한 듯 대답했다.

"어머니라고는 부를 수 있을 것 같아요!"

젊은 여인은 아이에게 재빨리 눈길을 던지더니 자신의 검은 눈을 그보다 더 검은 아이의 눈에 고정시켰다.

"어머니라고? 엄마는 안 된다는 거니?"

그녀가 물었다.

"우리 엄마는 죽었어요."

네지가 낮게 대답했다.

무의식적인 행동으로 젊은 여인의 손이 아이를 뒤로 밀쳤다. 그러나 곧 아이를 격렬하게 가슴으로 끌어당겼다.

"네지, 어머니와 엄마는 그러니까 똑같은 거란다!"

그러나 네지는 아무 대답도 하지 않았다. 아이는 죽은 이를 항상 엄마라고만 불렀다.

대화는 거기에서 끝이 났다. 집주인이 다시 들어섰다. 그리고 어린 딸이 젊은 아내의 팔 안에 있는 것을 보고 만족스런 미소를 지었다.

"자, 이리 오시오. 안주인으로서 이 집 모든 방 안에 있는 것은 당신 거요!"

여인에게 손을 뻗으며 그가 기분 좋게 말했다.

그러고 나서 두 사람은 함께 나갔다. 아래층에 있는 방들을 통과하여, 부엌과 지하실을 가로지른 다음엔 넓은 계단을 올라갔다. 커다란 홀과 계단의 양쪽이 복도로 이어지는 더 작은 방들과 침실도 둘러보았다.

벌써 어둑어둑해졌다. 젊은 여인은 남편의 팔에 몸을 기대고 있었다. 마치 매번 문이 열릴 때마다 그녀의 어깨에 새로운 짐이 떨어지는 듯했다. 기쁨으로 이어지는 그의 말에 점점 더 대답이 짧아져 갔다. 마침내 그의 서재 문 앞에 도착했다. 그 역시 묵묵히 자신의 어깨에 기대고 있던 아름다운 머리를 세우며 물었다.

"이네스, 무슨 일이오? 조금도 기쁘지 않은 것 같은데!"

그가 말했다.

"아, 아니에요. 저도 기뻐요!"

"자, 들어갑시다!"

그가 문을 열자 부드러운 햇살이 그들을 맞아 주었다. 서향으로 난 창을 통해 건너편 작은 정원 덤불 저쪽에 떠 있던 황금빛 저녁 햇살이 쏟아져 내리고 있었다. 이 햇살 속에서 아름다운 초상화가 내려다보고 있었다. 광택 없는 금빛 액자 아래 불타는 듯 붉은 장미 한 송이가 꽂혀 있었다.

젊은 여인은 자기도 모르게 손으로 가슴을 감싸며 그 그림을 말없이 응시했다. 하지만 이미 남편의 팔이 그녀를 단단히 부둥켜안고 있었다.

"예전엔 그녀가 내 행복이었소. 하지만 이젠 당신이 그래 주시오!"

그가 말했다.

그녀는 고개를 끄덕였다. 그러나 조용히 숨을 삼켰다. 아, 죽은 이 여인은 아직도 살아 있으며, 그리고 그들 두 사람 사이에 끼어들 자리가 없다는 것을 그녀는 알게 되었다.

네지가 왔을 때 그랬던 것처럼 북쪽으로 자리한 커다란 정원에서 다시 개 짖는 소리가 들려왔다.

남편의 부드러운 손길이 젊은 아내를 그쪽으로 난 창가로
데려갔다.

"여기 한 번 내려다봐요!"

그가 말했다.

그 아래 넓은 잔디밭 둘레로 난 계단 위에 검은 뉴펀들랜드
개 한 마리가 앉아 있었다. 개 앞에 네지가 서서 땋은 검은 머
리가닥으로 점점 더 좁게 개 코 주위로 원을 그리고 있었다.
그러면 개는 머리를 젖히고 짖어댔다. 그러자 네지가 웃음을
터뜨리고 놀이를 새로 시작했다.

이 어린애 같은 장난을 지켜본 아버지도 미소를 지을 수밖
에 없었다. 그러나 그의 곁에 있는 젊은 아내는 웃지 않았다.
그리고 흐린 구름 같은 것이 그를 스쳐 지나갔다. '친어머니
였더라면……!' 그는 생각했다. 그러나 소리 내어 말하지는
않았다.

"저건 우리 집 네로요. 저 개하고도 당신 인사해야 할 거요.
이네스, 저 개와 네지는 좋은 친구요. 심지어 저 덩치 큰 괴물
이 네지의 인형 유모차를 매달고 끌기도 하거든."

그녀는 그를 올려다보더니 말했다.

"여긴 내가 제대로 알아야 할 것이 무척 많군요. 루돌프!"

"이네스, 당신도 함께 꿈꾸는 거야! 우리하고 아이, 가족이
래야 그렇게 많지도 않소."

"많지도 않다?"

그녀가 무심하게 반복했다. 그리고 그녀의 눈은 지금 개와 함께 잔디밭을 힘차게 달리고 있는 아이 뒤를 쫓았다. 그런 다음 갑자기 두려운 얼굴로 남편을 올려다보더니 팔로 그의 목을 두르고 애원했다.

"꼭 붙들어 줘요. 도와줘요! 내겐 너무 힘들어요."

몇 개월이 지났다. 젊은 아내가 두려워한 일들은 일어나지 않은 것 같았다. 집안일은 그녀 손 안에서 저절로 흘러갔다. 고용인들은 친절했고, 동시에 고상한 그녀의 천성에 기꺼이 따랐다. 그리고 외부에서 방문하는 사람 역시 이제 다시 집주인과 동등한 위치의 아내가 집안을 관리하고 있다고 느끼게 되었다. 그러나 예리한 남편의 눈에는 사정이 달랐다. 그녀가 집안을 성실하고 세심하게 돌보기보다는, 마치 자신과 아무 상관없는 낯선 것 대하듯 한다는 것을 꿰뚫어보았던 것이다. 부부는 서로에게 속한다는 것을 확신하기보다는 이따금 격하게 그의 품을 파고들 때면 남편은 불안한 마음을 숨길 수 없었다.

또한 네지하고도 더 가까운 관계는 이루어지지 않았다. 그녀 내면의 목소리는 젊은 부인에게 아이의 어머니에 관해 아이와 이야기를 나누라고 요구하고 있었다. 새어머니가 집에 발을 들여놓은 이후로 어머니에 대한 기억을 더욱 생생하고 끈질기게 간직하고 있는 아이와. 그러나 그녀의 눈은 남편의 서재에 걸려 있는 그 사랑스런 그림조차 피하고 있었다. 물론 수차례 용기를 내보기도 했었다. 두 손으로 아이를 강하게 자기 쪽으로 끌어당기면 아이는 갑자기 말문을 닫았다. 그녀의 입술도 갑자기 말을 듣지 않았다. 그리고 그런 따뜻한 행동에 기뻐서 검은 눈을 빛내던 네지는 슬프게 다시 멀어져 갔다. 왜냐하면 기이하긴 하지만, 아이는 이 아름다운 여인의 사랑을 간절히 원하고 있었기 때문이었다. 아이들이 으레 그렇듯 네지는 새어머니를 마음속으로 받아들이고 있었다. 그러나 아이에게는 모든 진심 어린 대화의 열쇠인 호칭이 없었던 것이다. 아이의 말처럼 한 가지로는 불러도 되지만, 다른 한 가지는 말할 수가 없었다.

이네스 역시 이 마지막 장애물을 느끼고 있었다. 그리고 그것은 쉽게 없앨 수 있는 것으로 보였기에 그녀의 생각은 늘 그것에 집착했다.

어느 날 오후 거실에서였다. 그녀는 남편 옆에 앉아서 노래하듯 차 주전자에서 올라오는 수증기를 바라보고 있었다.

신문을 훑어보던 루돌프가 그녀의 손을 잡았다.

"이네스, 당신 너무 조용하군. 오늘 단 한 번도 말을 걸지 않았잖소."

"사실 할 말이 있긴 해요……."

그의 손에서 자신의 손을 살며시 빼내며 그녀가 대답했다.

"그럼 말해 보시오!"

그녀는 잠시 망설였다.

"루돌프, 당신 아이한테 절 엄마라고 부르게 하세요."

마침내 그녀가 말했다.

"그럼 그애가 그렇게 안 부른단 말이오?"

그녀는 고개를 저었고, 그녀가 도착한 날 무슨 일이 있었는지 그에게 들려주었다.

그는 조용히 그녀의 말을 들었다.

"그건 일종의 타협이오. 아이의 영혼이 이곳에서 무의식중에 찾아낸 타협! 우리, 감사하며 그걸 인정하면 안 되겠소?"

젊은 아내는 그에 대한 대답이 없었고, 그저 이렇게 중얼거렸다.

"그렇게 해서는 결코 내게 다가오지 않을 거예요."

그는 다시 그녀의 손을 잡으려 했다. 하지만 그녀가 손을 빼냈다.

"이네스, 자연이 거부하는 것을 요구하지는 말아요. 네지가 당신 자식이길, 당신이 그애의 어머니이길 바라지 말라는 거요!"

그의 말을 듣자 그녀의 눈에서 눈물이 넘쳐 흘렀다.

"하지만 그래도 나는 그애의 어머니잖아요."

그녀가 매우 격하게 말했다.

"그애의 어머니? 아니오, 이네스! 당신이 꼭 그래야 하는 건 아니오."

"그럼 난 어떡하라는 거예요, 루돌프?"

그녀가 이 질문에 대한 자명한 답을 이해할 수 있었더라면, 그녀 스스로 자신에게 그 대답을 주었을 것이다. 그는 생각에 잠겨 마치 도움이 될 만한 말을 찾아야만 하는 듯 그녀의 눈을 쳐다보았다.

"인정하세요! 당신도 그 대답을 모르잖아요."

그의 침묵을 오해하며 그녀가 말했다.

"오, 이네스! 당신이 낳은 자식을 품에 한 번 안아보면 그때야 비로소……."

그가 호소하듯 말했다.

그녀가 거부하듯 몸을 빼내려 했다.

"그럴 때가 올 거요. 그러면 당신 아이의 미소가 당신 눈을 얼마나 빼앗을지, 그 작은 영혼이 당신을 얼마나 끌어당기는지 느끼게 될 것이오. 한때 행복했던 두 눈이 네지에 대해서도 그렇게 빛났었소. 그 다음엔 그애를 향해 굽힌 목을 그 작은 팔이 감싸며 말했소. '엄마!' 라고. 그애가 세상 그 누구에게도 더 이상 그 말을 할 수 없다고 해서 그애에게 화내지 맙시다!"

이네스는 그의 말을 거의 듣고 있지 않았다. 그녀의 생각은 그저 한 곳만을 쫓고 있었다.

"그애가 내 자식이 아니라고 말할 수 있다면, 그럼 왜 이 말은 못 하세요? 난 당신의 아내가 아니라고!"

그는 더 이상 말하지 않았다. 그가 무슨 말을 한들 그녀가 이해할 수 있겠는가! 그는 그녀를 자기 쪽으로 끌어당겨 진정시키려고 애썼다. 그녀는 그에게 입맞춤을 한 뒤 눈물을 흘리고 미소를 띤 채 그를 바라보았다. 그러나 그녀에게 별 도움이 되지는 못했다.

루돌프가 일 때문에 나가자 그녀는 넓은 정원으로 나갔다. 네지가 손에 책을 들고 넓은 잔디밭을 거닐고 있는 것이 보였다. 그러나 그녀는 아이를 피해서 덤불 사이 정원 담장을 따라 난 옆길로 갔다.

아이는 잠시 마주친 눈길에서 새어머니의 아름다운 눈에 어린 슬픔을 알아보았다. 그래서 자석에 끌린 듯, 무언가를 외우면서도 점점 그 좁은 길로 들어섰다.

이네스는 높은 담의 보라색 꽃 덩굴로 뒤덮여 있는 작은 문 앞에 서 있었다. 그녀는 멍한 눈길로 그것을 바라보고 있었다. 그리고 아이가 자신을 향해 다가오는 것을 보았을 때는, 조용한 산책을 계속하려던 참이었다.

그러나 그녀는 그대로 서서 물었다.

"네지, 저게 무슨 문이지?"

"할머니 정원으로 가는 문!"

"할머니 정원으로 가는 문이라고? 네 할머니는 벌써 예전에 돌아가셨잖니?"

"그래요, 옛날에……."

"그럼 이제 저 정원은 누구 거니?"

"우리 거예요!"

아이가 당연하다는 듯 말했다.

이네스는 덤불 아래로 고개를 숙이고 문의 쇠 손잡이를 흔들기 시작했다. 네지는 문이 열리기를 기다리는 듯 말없이 옆에 서 있었다.

"하지만 잠겨 있구나!"

이네스는 손수건으로 손가락에 묻은 녹을 닦으며 말했다.

"아버지 서재 창으로 보이는 그 황폐한 정원이란 말이니?"

아이가 고개를 끄덕였다.

"저 건너편에서 새들이 노래하고 있구나. 잘 들어 보렴!"

그러는 사이에 늙은 하녀가 정원으로 들어섰다. 담장 쪽에서 두 사람의 목소리를 듣고 서둘러 달려온 것이다.

"안에 손님이 와 계십니다."

이네스는 네지의 뺨을 부드럽게 어루만졌다.

"아버지는 좋은 정원사는 못 되시는구나."

멀어져 가면서 그녀가 말했다.

"우리 둘이 안에 들어가서 치워야 하겠는걸!"

집안에서 루돌프가 그녀를 향해 걸어 나왔다.

"당신도 알지? 오늘 저녁에 뮐러 4중주단 연주가 있는 거. 주치의 부부가 와 있소. 태만죄로 우리에게 경고를 주겠다는 군."

그녀가 손님들이 있는 방으로 들어갔다. 이어서 음악에 관한 활기찬 대화가 이어졌다. 그리고 손님 접대를 해야 할 일이 그녀를 기다리고 있었다. 황폐한 정원은 그 순간 그녀에게서 잊혀졌다.

저녁에는 음악회가 있었다. 위대한 하이든과 모차르트가 청중들 곁을 줄지어 지나갔다. 그리고 방금 베토벤의 다단조 4중주 마지막 화음이 울려 퍼졌다. 음악 소리로 가득 찼던 홀에 장엄한 정적 대신 이제는 밀어젖히는 청중들의 수다가 넓은 공간을 휘젓고 있었다.

루돌프가 아내 옆에서 일어섰다.

"끝났소, 이네스. 혹시 당신 귀에는 아직도 무언가 더 들리는 거요?"

그가 그녀에게 몸을 숙이며 말했다.

그녀는 여전히 귀를 기울이고 있는 듯 빈 악보대만 서 있는 무대 위로 눈을 고정한 채 앉아 있었다. 남편에게 손을 건네며 그녀가 말했다.

"집으로 가요, 루돌프!"

그들은 입구에서 주치의와 그의 아내에게 붙잡혔다. 그녀가 지금까지 가까운 교제를 튼 유일한 사람들이었다.

"어땠어요?"

주치의가 진심에서 우러나는 만족스런 표정으로 그들에게 고개를 끄덕여 보였다.

"자, 우리하고 같이 갑시다. 잠시 함께 있는 게 마땅하지."

루돌프는 넌지시 소매를 잡아당기며 절박하게 호소하는 듯한 표정의 아내를 보았을 때는 벌써 기분 좋게 찬성하려던 참이었다. 그는 그녀를 이해할 수 있었다.

"결정권을 고등 법원에 넘기도록 하겠습니다."

그가 농담조로 말했다.

그리고 이네스는 그렇게 쉽게 물러서지 않는 주치의를 다음번 저녁으로 기다려 달라고 달랠 줄도 알았다.

그들이 친구 집 근처에서 작별 인사를 나누고 나자 그녀는 해방된 듯 숨을 내쉬었다.

"그들한테 오늘 뭐 언짢은 거라도 있었소?"

루돌프가 물었다. 그녀는 남편의 팔을 꽉 눌렀다.

"아무것도 없어요. 하지만 오늘 저녁 너무 근사했어요. 그래서 당신하고 단둘이서만 있고 싶어서 그랬어요."

그들은 집으로 발걸음을 재촉했다.

"저것 봐. 아래층 거실에 불이 켜 있군. 안네가 이미 차 준비를 해 놓았을 거야. 당신 말이 옳았어. 내 집이 최고야."

그녀는 그저 고개만 끄덕이고 그의 손을 굳게 쥐었다. 그들은 곧 집에 들어섰다. 활기차게 방문을 열고 커튼을 젖혔다.

장미가 담긴 꽃병이 놓여 있던 탁자 위에 지금은 큰 청동 램프가 불타고 있었다. 여윈 팔 위로 펼쳐져 있는 아이의 검은 머리카락이 불빛에 빛나고 있었다. 머리 밖으로 그림책 한 모서리가 삐죽이 나와 있었다.

이네스는 굳은 듯 문 앞에 멈춰 섰다. 그녀는 아이의 존재를 까맣게 잊고 있었던 것이다. 쓰디쓴 실망이 담긴 표정이 아름다운 입술가로 번졌다. 놀란 남편이 소리쳤다.

"네지! 도대체 여기서 뭐하는 게냐?"

네지가 눈을 뜨고 일어났다.

"두 분을 기다리고 싶었어요."

아이가 희미하게 미소를 지으며 가늘어진 눈을 손으로 비볐다.

"안네의 잘못이군. 벌써 잠자리에 들었어야 할 시간인데……."

이네스는 몸을 돌리고 창가로 갔다. 눈물이 솟구치는 것을 느꼈다. 쓰디쓴 감정이 수습하기 힘들게 뒤섞여 가슴을 쥐어뜯었다. 고향에 대한 향수, 자신에 대한 연민, 사랑하는 남자의 아이에 대한 자신의 냉정함에 대한 후회……. 지금 그녀를 사로잡는 감정이 무엇인지 그녀 자신도 알지 못했다. 그녀는 조금 전 느꼈던 기쁨과 금방 드러난 현실 속에서 갈등하며 중얼거렸다.

'바로 그거야. 나에겐 신혼 기간이 없었어. 난 아직 젊은데!'

그녀가 돌아보자 방은 비어 있었다. 그녀가 기쁨에 젖어 있던 시간은 어디에 있는 걸까? 그녀는 자신이 그것을 쫓아 버렸다고는 생각하지 않았다.

이해할 수 없게 된 일의 결과를 지켜본 아이를 아버지가 데리고 나갔다.

'참자! 아내도 아직 어리지 않은가.'

네지를 팔로 감싸 안고 계단을 올라가면서 그 역시 자신에게 말했다.

일련의 생각과 계획들이 떠올랐다. 안네가 네지를 기다리고 있는 방문을 열었다. 그는 아이에게 입을 맞추며 말했다.

"어머니한테 네가 잘 자라고 인사하더라고 전해 주마."

그런 다음 아내에게 내려갈 생각이었다. 그러나 다시 돌아서서 복도 끝에 있는 서재로 들어갔다.

책상 장식대 위에 최근에 그가 손에 넣고 시험 삼아 기름을 채워놓은, 인도에서 가져온 청동 램프가 놓여 있었다. 그는 램프를 내려서 불을 붙이고 죽은 아내의 초상화 아래 원래 있던 자리에 올려두었다. 책상 위 쟁반에 있던 꽃이 담긴 잔을 그 옆에 함께 두었다. 그는 거의 아무 생각 없이 이 일을 했다. 머리와 가슴이 일을 하는 동안 손도 무슨 일을 해야만 하는 것처럼. 그런 다음 창가에 바짝 붙어 서서 양쪽 문을 열어 젖혔다.

하늘엔 구름이 잔뜩 끼어 있었다. 달빛이 아래까지 뚫고 들어올 수가 없었다. 저 아래 작은 정원에는 무성한 덤불이 마치 어두운 덩어리처럼 자리하고 있었다. 정자로 난 좁은 길가에 있는 피라미드 모양의 검은 송백(松柏) 사이로 하얀 자갈만 반짝이고 있었다.

이 적막함을 내려다보고 있는 남편의 환상 속으로 사랑스러운 모습이 걸어 나왔다. 그녀가 정원의 좁은 길을 거니는 것을 보았다. 그녀 곁에서 자신도 걸어가고 있는 것 같았다.

"당신의 기억이 내 사랑을 더 강해지게 해 주는군."

그러나 죽은 이는 대답하지 않았다. 그녀의 아름답고 창백한 얼굴은 땅을 향하고 있었다. 달콤한 전율과 함께 그녀가 가까이 있음을 느꼈다. 하지만 그녀는 말이 없었다.

그때 그는 자신이 혼자 있었다는 것을 생각해 냈다. 그는 죽음을 아주 진지하게 믿고 있었다. 그녀가 있던 시간은 지나 갔다. 그러나 그의 발아래에는 그때 당시처럼 그녀 부모님의 정원이 아직도 존재하고 있다. 책에서 눈을 들어 창 밖을 바라보다가 그곳에서 채 열다섯 살이 되지 않은 소녀를 처음으로 보았었다. 그리고 금발 머리를 땋은 아이가 진지한 청년에게서 생각을 앗아갔다. 마침내 그녀가 여자로서 그의 집 문지방을 넘나들 때까지. 그리고 그에게 많은 것을 돌려주었을 때까지. 행복한 시절과 창조의 기쁨이 그녀와 함께 찾아왔다. 부모님이 일찍 돌아가시고 집을 팔아야 했을 때 그들은 그 작은 정원은 남겨 두었고, 정원은 경계 담에 있는 작은 문을 통해 그들 집 넓은 정원과 이어져 있었다. 그 당시 이미 이 문은 거침없이 자라게 내버려 둔 늘어진 덤불 아래 거의 숨겨져 있었다. 왜냐하면 가문의 친구들조차 아주 드물게 발을 들여놓게 하던—두 사람에게 여름 생활의 가장 친밀한—장소 안으로 이 문을 통해 들어가기 때문이었다.

유년시절 사랑했던 이가 숙제하는 것을 숨어서 엿듣던 등나무 정자 안에는 지금 금발의 어머니 발치에 사려 깊은 눈을 가진 검은 머리의 아이가 앉아 있다. 그가 일을 하다가 고개를 돌리면, 그렇게 사람의 일생에서 가장 충만한 행복이 펼쳐져 있었다. 그러나 죽음은 몰래 그 씨를 뿌려두었었다. 6월

초순, 중환자의 침대를 안쪽에 있던 침실에서 남편의 서재로 옮겼다. 열린 창을 통해 행복이 깃든 정원에서 불어오는 공기를 그녀가 느끼고 싶어 했다. 커다란 책상은 한쪽으로 치워졌다. 그의 생각은 온통 그녀 곁에만 있었다. 바깥은 화창한 봄이었다. 벗나무 한 그루가 눈처럼 꽃잎을 흩날리며 서 있었다. 무의식적인 충동에서 그는 솜털처럼 가벼운 환자의 몸을 들어올려 창가로 안고 갔다.

"한 번 더 보시오! 세상이 얼마나 아름다운지!"

그러나 그녀는 조용히 고개를 흔들며 말했다.

"아무것도 안 보여요."

그리고 곧 그녀의 입에서 나오는 속삭임을 더 이상 알아들을 수 없는 때가 왔다. 불꽃이 점점 더 약하게 타들어갔다. 고통스런 경련으로 겨우 입술을 달싹이며 힘겹게 신음 소리와 함께 숨을 쉬었다. 그러나 점점 더 약해져서 마지막엔 꿀벌의 달콤한 윙윙거림처럼 들렸다. 그런 다음 열린 눈을 통해 푸른 빛으로 변할 것처럼 그러더니 그런 다음 평화가 찾아왔다.

"잘 자요, 마리!"

그러나 그녀는 더 이상 듣지 못했다.

하루 더 그렇게 있다가 어둠이 깔리는 넓은 침실에 관이 놓였다. 집안 하인들이 조용히 들어왔다. 그 중에 늙은 안네의 손을 잡고 있는 아이 곁에 그가 서 있었다.

하녀가 말했다.

"네지, 무섭지 않니?"

그러자 죽음의 초연함에 사로잡힌 아이가 대답했다.

"아니, 안네, 나 기도하고 있어."

그런 다음 네지와 그가 그녀와 나란히 걸을 수 있게 허락된 마지막 길이었다. 둘 다 원치 않았지만, 그녀의 뜻에 따라 신부와 교회 종소리 없이 첫 종달새가 막 공중으로 날아오르는 엄숙한 새벽에 장례식이 치러졌다.

지나간 일이었다. 그러나 그는 여전히 자신의 고통 속에 그녀를 간직하고 있었다. 설령 눈에 띄지 않더라도 그녀는 여전히 그와 함께 살고 있었다. 그러나 그 자신도 눈치채지 못하는 사이에 이것 또한 보이지 않게 되었다. 그는 종종 두려움으로 그녀를 찾았다. 그러나 그녀를 찾는 횟수가 점점 드물어졌다. 그리고 비로소 집이 기분 나쁠 정도로 크고 황량하게 보이기 시작했다. 집안 구석마다 예전에 없던 어스름이 자리 잡았다. 그의 주위는 너무도 기이하게 달라져 갔다. 그리고 그녀는 어디에도 없었다.

마침내 달이 구름먼지 속에서 모습을 드러내고 황폐한 정원을 밝게 비추고 있었다. 그는 창문 십자 창살에 고개를 기댄 채 여전히 똑같은 자리에 서 있었다. 그러나 그의 눈은 밖에 무엇이 있는지 더 이상 보고 있지 않았다.

그때 그의 뒤쪽 문이 열리고 수수께끼 같은 아름다움을 지닌 여인이 안으로 들어섰다.

그녀가 입고 있는 옷이 조용하게 바스락거리는 소리가 그의 귀에까지 들렸다. 그는 고개를 돌려 살피듯 그녀를 쳐다보았다.

"이네스!"

그가 이름을 부르기는 했지만 그녀 쪽으로 다가가지는 않았다.

그녀는 그 자리에 멈추어 섰다.

"무슨 일이에요, 루돌프? 나를 보고 놀라는 거예요?"

그는 머리를 저으며 웃으려고 노력했다.

"자, 아래층으로 내려갑시다."

그러나 그가 그녀의 손을 잡는 동안 그녀의 눈은 램프로 비춰지고 있는 그림과 그 옆에 자리 잡은 꽃에 가서 머물렀다. 그녀의 얼굴에 미묘한 표정이 어렸다.

"당신 방은 마치 진짜 예배당 같군요."

그녀의 말은 차갑고 적대적으로 들렸다.

그제서야 그는 모든 것을 알아차린 듯 소리쳤다.

"오, 이네스, 당신한테도 죽은 사람은 신성하지 않소!"

"죽은 사람이 누구에겐들 신성하지 않겠어요! 하지만 루돌프……"

그녀는 그를 다시 창가로 끌었다. 그녀의 손은 떨고 있었고, 검은 눈은 흥분으로 흔들리고 있었다.

"말해 주세요, 이제 내가 당신 아내라고! 왜 당신은 저 정원을 잠근 채 아무도 발을 못들이게 하는 거죠?"

그녀는 손으로 깊은 곳을 가리켰다. 피라미드 모양의 검은 송백 사이로 하얀 자갈이 유령처럼 빛나고 있었다. 커다란 밤나방이 방금 그 위로 날아갔다.

그는 침묵한 채 아래를 내려다보고 있었다.

"저건 무덤이오, 이네스! 과거의 정원이오. 당신이 정 원한다면……."

그녀는 분노에 찬 눈빛으로 그를 쳐다보았다.

"난 다 알고 있어요, 루돌프! 저곳은 당신이 그녀 곁에 있는 장소예요. 저 하얀 계단 위를 당신들은 함께 거닐고 있는 거예요. 왜냐하면 그녀는 죽지 않았으니까! 바로 지금 이 순간에도 당신은 그녀와 함께 있었어요. 당신 아내인 나를 그녀에게 하소연했어요. 그건 잘못된 거예요, 루돌프! 당신은 그림자로 우리 결혼을 깨고 있는 거예요."

그는 말없이 팔을 그녀 몸에 둘러 반강제적으로 창가에서 떼어냈다. 그런 다음 책상에서 램프를 집어들고 그림을 향해 높이 치켜들었다.

"이네스, 그림 속 그녀를 한 번만이라도 쳐다보시오!"

그리고 죽은 이의 순결한 눈과 마주치자 그녀는 걷잡을 수 없는 울음을 터뜨렸다.

"오, 루돌프, 난 느껴요. 난 불행해질 거예요!"

"그렇게 울지 말아요. 물론 나도 잘못했소. 하지만 당신도 나에 대해 인내심을 가져요!"

그는 책상 서랍을 열더니 그녀의 손에 열쇠 하나를 쥐어 주었다.

"이네스, 당신이 저 정원을 열어 주시오! 당연히, 다시 그곳에 첫 번째로 발을 들여놓는 사람이 당신이라면 난 행복하겠소. 어쩌면 마음속으로 그녀가 당신을 그곳에서 만나고 자매처럼 당신이 그녀의 목에 팔을 두를 때까지 온화한 눈으로 당신을 쳐다볼지도 모르겠소!"

그녀는 꼼짝하지 않은 채 자신의 손 안에 놓여 있는 열쇠를 보고 있었다.

"자, 이네스, 당신에게 준 것을 받지 않을 생각이오?"

그녀는 고개를 흔들었다.

"아직은요, 루돌프! 아직은 그럴 수 없어요. 나중에요, 나중에. 그땐 우리 함께 들어가요."

아름다운 검은 눈으로 그를 올려다보면서 열쇠를 책상 위에 올려놓았다.

한 알의 씨앗이 바닥에 떨어졌다. 그러나 싹이 트려면 아직도 멀었다.

11월이었다. 이네스는 마침내 자신도 어머니가 된다는 사실을 더 이상 의심할 수가 없었다. 자기 아이의 어머니가. 그러나 그것을 자각할 때 몰려든 환희와 함께 곧 다른 생각도 함께 했다. 섬뜩한 어둠처럼 차츰차츰 사악한 뱀과 유사한 한 가지 생각이 점점 위로 틀고 올라와 그녀를 칭칭 감았다. 그녀는 그것을 쫓아 버리려고 노력했다. 그 생각을 피해 집안 모든 선한 정령들에게로 달아났다. 그러나 그 생각은 그녀를 쫓아왔고, 점점 더 자주 강력하게 다가왔다. 그녀는 외부에서 이방인처럼 이 집에 들어왔을 뿐만 아니라, 이 집은 이미 그녀 없이도 완성된 삶을 살고 있지 않았던가? 그리고 두 번째 결혼, 도대체 그런 것이 어디 존재하기라도 했던가? 유일한 결혼인 첫 번째 결혼이 두 사람이 죽을 때까지 지속되어야만 하는 것이 아니었던가? 죽음이 아닌 언제까지나 영원히! 그리고 만약 그렇다면? 뜨거운 불덩이가 그녀의 얼굴로 솟았다. '내 아이, 불청객, 사생아…….' 살을 갈기갈기 찢는 듯한 가혹한 말들이 떠올랐다.

절망하듯 그녀는 헤매고 다녔다. 그녀는 행복과 괴로움을 동시에 안고 있었다. 그것을 나눌 수 있는 가장 가까운 이가 걱정하며 묻는 듯 그녀를 쳐다볼 때면, 그들의 입술은 죽음에 대한 불안 속에 있는 것처럼 그렇게 닫히고 말았다.

부부 침실 창의 무거운 커튼은 내려져 있었고, 가느다란 틈 사이로만 달빛 한 줄기가 안으로 떨어지고 있었다. 괴로운 생각 속에 이네스는 잠이 들었다. 그러다 꿈을 꾸었다. 꿈속에서 그녀는 이 집에 머물 수 없고 멀리 떠나야만 했다. 그녀는 작은 꾸러미 하나만을 가져갈 생각이었다. 그런 다음 떠날 생각이었다. 아주 멀리 그녀의 어머니에게로, 영원히 다시 돌아오지 않을 것이었다. 정원 뒷벽을 이루고 있는 가문비나무 뒤쪽에 작은 문 하나가 집 밖으로 연결되어 있었다. 열쇠는 주머니에 있었다. 그녀는 곧 떠나야 한다고 생각했다.

달빛은 서서히 이동했다. 그 창백한 빛은 침대의 쿠션에서 지금은 그녀의 아름다운 얼굴을 비추며 머물러 있었다. 그때 그녀가 몸을 일으켰다. 소리도 없이 침대를 빠져나와 맨발로 침대 앞에 놓인 신발을 신었다. 이윽고 하얀 잠옷을 입은 채 방 한가운데에 섰다. 밤마다 정리하던 대로 가슴 앞으로 땋은 두 가닥 검은 머리채를 늘어뜨린 채. 그러나 예전에 그렇게 탄력 있어 보이던 몸은 허물어질 듯했다. 마치 잠의 무게를 아직도 몸에 지고 있는 듯했다. 손을 앞으로 뻗어서 짚어 나가며 방을 가로질러 빠져나왔다. 하지만 그녀는 아무것도 가지고 나오지 않았다. 열쇠조차도. 손으로 의자 위에 놓인 남편의 옷을 더듬을 때 무슨 생각에서였는지 한순간 머뭇거렸다. 그러나 곧 그 뒤 발걸음을 죽이고 방문을 나와 계단을 내려갔다. 그런 다음 아래 복도에서 안마당문 자물쇠 소리가 났다. 차가운 공기가 그녀를 향해 세차게 불어왔다. 밤바람이 가슴 부근에 있는 땋은 머리를 날리게 했다.

그녀 뒤에 놓인 칠흑같이 어두운 숲을 어떻게 지나왔는지 그녀도 알 수 없었다. 그러나 사방에서 덤불이 불쑥불쑥 나타나는 것을 보았다. 추격자들이 그녀를 쫓고 있었다. 그녀 앞에 커다란 문이 솟아났다. 작은 손으로 온갖 힘을 다해 양쪽 문을 열어젖혔다. 황량한 황무지가 그녀 앞에 펼쳐졌다. 갑자기 그녀를 향해 부지런히 달려오고 있는 크고 검은 개들이 보였다. 침으로 번들거리는 목구멍에서 늘어뜨린 빨간 혀가 보였다. 개들이 연거푸 짖는 소리가 점점 더 가까워지고 더 크게 울리는 것을 들었다.

그때 반쯤 감고 있던 눈을 떴다. 그리고 점차 이해하기 시작했다. 그녀는 자신이 지금 넓은 정원 안쪽에 서 있는 것을 알아보았다. 한 손은 아직도 쇠창살문 고리를 잡고 있었다. 가벼운 잠옷이 바람에 날리고 있었다. 입구 쪽에 서 있는 보리수나무에서 노란 잎들이 소나기처럼 그녀를 향해 아래로 소용돌이치고 있었다. 그런데 뭐였지? 건너편 소나무에서 방금 전에 들었다고 믿는 것과 꼭 같이 지금도 개 한 마리가 짖는 소리가 울려 퍼졌다. 그녀는 무언가 메마른 가지를 부러뜨리는 소리를 분명히 들었다. 죽음에 대한 공포가 그녀를 덮쳤다. 그리고 다시 짖는 소리가 울렸다.

"네로, 네로야."

그러나 그녀는 결코 검은 개와 친해지지 못했다. 그리고 무의식중에 실제의 그 동물과 꿈에서 본 무시무시한 그 개들이 하나로 겹쳐졌다. 지금 그녀는 잔디밭 너머에서 그녀를 향해 뛰어오는 개를 보고 있다. 그러나 개는 그녀 발밑에 엎드리고, 기쁨에 넘쳐 내는 것이 분명한 낑낑거리는 소리를 내며 그녀의 맨발을 핥고 있었다. 동시에 안마당 쪽에서 발소리가 다가왔다. 그런 다음 갑자기 남편의 팔이 그녀를 안았다. 그녀는 안심하고 고개를 그의 가슴에 기댔다.

그는 개 짖는 소리에 잠이 깨어 그녀의 빈 자리를 보게 되었다. 눈물이 그의 내면의 눈앞에서 갑자기 반짝반짝 빛나고 있었다. 그것은 그의 집 정원 뒤 단지 천 걸음 정도만 떨어져 있는 들길 가 무성한 오리나무숲 아래에 있었다. 며칠 전처럼 그는 이네스와 자신이 초록 물가에 서 있는 것을 보았다. 그녀가 갈대가 있는 곳까지 걸어 내려가고 방금 전에 길에서 모은 돌 하나를 수면 깊이 던지는 것을 보았다.

"돌아와, 이네스! 그곳은 위험해."

그가 소리 질렀다. 그러나 그녀는 우울한 눈으로 천천히 검은 수면 위로 퍼져가는 원을 응시한 채 그대로 서 있었다.

"저곳은 얼마나 깊을까요?"

마침내 그의 팔이 그녀를 잡아채자 그녀가 물었다.

안마당으로 난 계단 아래로 돌진할 때, 그 모든 것이 일련의 저주처럼 머리 속을 뚫고 지나갔다. 그때도 그들은 집에서 정원을 통해 내려갔었고, 지금 그는 그녀를 이곳에서 만난 것이다. 옷도 거의 입지 않고, 아직도 나무에서 떨어지고 있는 밤이슬에 아름다운 머리카락이 젖은 채로.

그가 밖으로 나올 때 자신의 몸에 걸쳤던 격자무늬 숄로 그녀를 감쌌다.

"이네스!"

그가 말했다. 심장이 얼마나 강하게 뛰었던지 격렬한 말이 터져 나왔다.

"무슨 일이야? 당신 여기까지 어떻게 온 거요?"

그녀는 속으로 움찔하며 떨고 있었다.

"모르겠어요, 루돌프! 난 떠나려 했어요. 꿈을 꿨어요. 오, 루돌프! 뭔가 좋지 않은 징조임에 틀림없어요!"

"꿈을 꾸었다고? 정말, 꿈을 꾸었소?"

그가 반복했고, 무거운 짐에서 벗어난 듯 숨을 내쉬었다.

그녀는 그저 고개만 끄덕였고, 그에 의해 아이처럼 침실로 이끌려갔다.

그가 그녀에게서 부드럽게 팔을 떼자 그녀가 말했다.

“당신 너무 말이 없군요. 분명 화가 난 거죠?”

“내가 어떻게 화를 내겠소, 이네스! 난 당신 때문에 겁이 났었소. 예전에도 그런 꿈을 꾼 적이 있소?”

처음에 그녀는 고개를 저었다. 그러나 곧 생각에 잠겼다.

“있어요, 한 번. 그런데 무섭진 않았어요.”

그가 창가로 가서 달빛이 방 안 가득 쏟아져 들어오도록 커튼을 열어젖혔다.

“당신 얼굴을 좀 봐야겠어.”

그녀를 침대 모서리에 앉히고 자신도 옆에 앉으며 말했다.

“그럼 그때엔 당신이 무슨 예쁜 꿈을 꾸었는지 내게 들려주겠소? 큰소리로 말할 필요 없어. 이 온화한 빛 속에선 낮은 목소리도 귀에 들어오는 법이니까.”

그녀는 고개를 그의 가슴에 기대고 그를 올려다보았다.

“당신이 알고 싶다면⋯⋯.”

그녀가 생각에 잠기며 말했다.

“그게⋯⋯, 내 생각엔⋯⋯, 열세 살 생일날이었어요. 난 그 아이에게 완전히 반해 있었어요. 아기 예수 말이에요. 그래서 내 인형들은 더 이상 쳐다보려고도 하지 않았어요.”

“어린 아기 예수에게, 이네스?”

“그래요, 루돌프!”

그러면서 그의 팔에 몸을 더 깊숙이 기대었다.

"어머니가 그림을 하나 선물하셨거든요. 아이를 안고 있는 성모 마리아 그림이었어요. 거실에 있는 내 꼬마 책상 위 예쁜 액자에 말이에요."

"알아, 지금도 여전히 그곳에 걸려 있잖소. 당신 어머니가 어린 이네스에 대한 추억으로 간직하고 계셨지."

"오, 사랑하는 어머니!"

그녀를 더 꼭 안아준 다음 그가 말했다.

"계속해서 더 들어도 되겠소, 이네스?"

"그럼요! 하지만 창피한걸요, 루돌프."

그러고 나서 나직이 이야기를 계속했다.

"난 그즈음 아기 예수에게 온통 마음을 빼앗겼어요. 그래서 소꿉친구들이 놀러오는 오후마다 몰래 그곳에 살금살금 가서 작은 액자 유리에 입을 맞추었어요. 내겐 그 그림이 마치 살아 있는 존재 같았어요. 그림에 있는 어머니처럼 나도 아기 예수를 내 팔에 안을 수만 있다면!"

그녀는 침묵했다. 그녀의 목소리는 마지막 말을 하면서 속삭이는 듯한 숨결로 가라앉았다.

"그리고 그 다음엔, 이네스?"

그가 물었다.

"아, 아니에요. 루돌프! 그런데 그 다음날 밤에, 그러니까 내가 꿈을 꾸면서도 일어난 것이 틀림없었거든요. 왜냐하면 다음날 아침에 내가 침대에서 그 그림을 두 팔에 안고 머리로 유리를 짓누른 채 잠든 걸 발견했거든요."

방 안에는 잠시 동안 깊은 정적이 감돌았다.

"그럼 지금은?"

그는 어쩐지 불안을 느끼면서 물었고, 그윽하고 깊은 애정으로 그녀의 눈을 들여다보았다.

"그럼 도대체 오늘은 무엇이 내 옆에 있던 당신을 이 밤중에 밖으로 끌어낸 거요?"

"지금 말인가요, 루돌프?"

그는 그녀의 사지로 전율이 지나가는 것을 느꼈다. 갑자기 그녀가 그의 목에 팔을 둘렀다. 그리고 억눌린 목소리로 두려움에 가득 차 이해할 수 없는 혼란스런 말을 속삭였다.

"이네스, 이네스!"

우수에 잠긴 그녀의 얼굴을 그가 두 손으로 감쌌다.

"오, 루돌프! 날 죽게 내버려 두세요. 하지만 우리 아이는 내쫓지 말아요!"

그는 그녀 앞에 무릎을 꿇고 그녀의 손에 입을 맞추었다. 그는 그녀의 목소리만 들었을 뿐 그 속에 든 어두운 의미는 듣지 못했다. 그의 영혼에서 모든 그림자는 날아가 버렸다. 희망에 가득 차서 그녀를 올려다보며 조용히 말했다.

"이제 모든 것이, 모든 것이 변할 거요!"

시간은 계속 흘러갔다. 하지만 그녀는 불안을 극복하지 못하고 있었다. 이네스는 마지못해 아직 남아 있던 네지의 갓난아기 적 물건들 중 신생아 용품들을 골라내고 있었다. 지금 말없이 그리고 열심히 깁고 있는 작은 모자와 저고리 위로 그녀는 하염없이 눈물을 흘렸다.

네지도 무언가 이상한 일이 일어나고 있다는 것을 눈치채고 있었다. 넓은 정원 쪽 밖으로 나 있는 위층 방 하나가 굳게 잠겨져 있었다. 보통은 그 안에 자신의 장난감들이 보관되어 있었다. 네지는 열쇠구멍으로 안을 들여다보았다. 황혼, 엄숙한 고요가 그 안을 지배하고 있는 듯 보였다. 복도에 내어놓은 자신의 소꿉놀이 장난감을 늙은 안네의 도움을 받아 뜰로 옮겨오면서 네지는 녹색의 호박단 우산이 달린 요람을 찾아보았으나 소용없었다. 네지의 기억으로는 비스듬한 다락창문 아래 놓여 있었다. 네지는 구석을 모두 살펴보았다.

"감독관처럼 무엇을 그렇게 열심히 살펴보는 거니?"

안네가 물었다.

"안네, 그런데 내 요람은 어디 있지?"

늙은 하녀는 미소를 띠며 네지를 쳐다보았다.

"어떨까, 황새가 네게 남동생을 하나 날라다주면?"

네지는 당황해서 그녀를 올려다보았다. 안네의 말은 자신을 무시하는 듯 느껴졌다.

“황새라구?”

그녀는 가소롭다는 듯 말을 했다.

“물론이지, 네지.”

“그런 것 나한테는 말 안 해도 돼, 안네. 그런 건 어린애들이나 믿는 거야. 하지만 난 그게 다 쓸데없는 소리란 거 잘 알고 있어.”

“그래? 그렇게 잘 안다면, 겉똑똑이 씨, 이미 수천 년 동안 그 일을 해 준 황새가 데려다 주지 않는다면, 그럼 도대체 갓난아기는 어디서 온단 말이냐?”

“아기들은 사랑하는 하느님한테서 오는 거야. 애들이 갑자기 거기 있는 거야.”

네지가 비장하게 말했다.

“자비로 저희를 살펴주소서! 요즘 아이들은 어찌나 똑똑한지! 하지만 네 말이 옳단다. 네지, 사랑하는 하느님께서 황새를 파면시키신 것을 너도 분명 알고 있구나. 하느님께서 어련히 잘 알아서 마련해 주실 거라고 나도 믿고 있단다. 자 그러면, 그렇게 돌연 나타나는 것이라면, 남동생이 좋겠니, 아니면 여동생이 더 좋겠니? 어떤 동생이 더 기쁘겠니, 네지 양?”

네지는 여행용 가방 위에 앉은 하녀 앞에 서 있었다. 미소가 소녀의 진지한 작은 얼굴을 비추었다. 그러나 그 다음에는 깊이 생각에 잠긴 것처럼 보였다.

"자, 어떤 경우가 더 기쁠 것 같으냐, 네지?"

노파가 다시 탐색하듯 물었다.

"안네, 난 작은 여동생이 갖고 싶어. 그럼 아버지도 분명 좋아하실 거야. 하지만 그럼……."

마침내 아이가 말을 했다.

"네지, 그럼 어떻다는 거지?"

"그럼……."

네지는 같은 말을 반복하고는 다시 한순간 생각에 잠겼다.

"그애도 그럼 엄마가 없을 거잖아!"

"뭐라고?"

노파가 너무나 놀라서 여행 가방에서 일어서려고 버둥거리며 애를 썼다.

"아이에게 엄마가 없다니! 넌 너무 아는 게 많아서 탈이구나. 네지, 가자. 내려가자꾸나! 들리니? 벌써 두 시를 알리는 종이 울리잖니! 학교 갈 준비를 해야지!"

따스한 봄기운이 집 주위를 감싸고 있었다. 이제 겨울은 지나갔다.

'만약 내가 살아남지 못한다면, 그럼 그가 내 생각도 해 줄까?'

이네스는 생각에 잠겨 있었다.

겁먹은 눈으로 침묵한 채 그녀와 미래의 운명을 기다리고 있는 방문을 지나갔다. 무언가 깨우기 두려운 것이 그 안에 들어 있기라도 하듯 조용히 들어섰다.

그리고 마침내 집에 아이가 생겼다. 두 번째 딸이 태어난 것이다. 바깥에서 담녹색 가지들이 창을 두들겼다. 그러나 안쪽 방 안에는 젊은 어머니가 창백하고 흉한 모습으로 누워 있었다. 뺨에는 햇볕에 그을린 따뜻한 갈색 기운이 사라졌다. 그러나 그녀의 눈 속에는 육체를 갉아먹는 불꽃이 타오르고 있었다. 루돌프가 침대가에 앉아서 그녀의 가녀린 손을 자기 손에 쥐고 있었다.

이제 그녀는 늙은 안네의 보호 속에 방 반대편에 놓여 있는 요람을 향해 힘들게 고개를 돌렸다.

"루돌프, 부탁이 하나 있어요!"

그녀가 기운 없이 말했다.

"하나라니, 이네스? 당신한테서 훨씬 더 많은 부탁을 받게 될 텐데."

그녀는 짧은 순간 그를 슬픈 눈빛으로 쳐다보았다. 그런 다음 눈을 요람으로 향했다.

"당신도 알죠? 내 그림이 없는걸! 당신, 늘 제일 잘 그리는 화가가 그리기를 바랐잖아요. 이젠 더 이상 기다릴 수가 없어요. 루돌프, 조금 귀찮겠지만 사진사를 부르세요. 내 아이, 그애는 나를 알지 못할 거예요. 하지만 아이는 엄마가 어떤 모습이었는지 알아야만 되잖아요.”

그녀가 점점 숨을 가쁘게 쉬며 말했다.

“조금 더 기다려요! 그건 당신을 힘들게 할 거요. 당신 뺨에 살이 오를 때까지 조금만 더 기다립시다!”

그는 목소리에 용기를 실으려 노력했다.

그녀는 날카로운 눈길로 방 안을 이리저리 둘러보았다. 그러다가 이불 위에 놓여 있던 길고 빛나는 검은머리를 손으로 쓸어 넘겼다.

“거울 좀 주세요! 거울을 가져다주세요!”

그녀가 베개 위로 몸을 일으키며 말했다.

그가 말리려 했다. 하지만 벌써 노파가 손거울을 가져와서 침대 위에 놓은 뒤였다. 환자는 허겁지겁 거울을 쥐고 들여다보았다. 그러자 격렬한 공포가 표정에 나타났다. 그녀는 수건으로 거울 표면을 닦았다. 하지만 거울 속 모습은 달라지지 않았다. 낯선 환자의 얼굴이 그녀를 응시하고 있었다.

“이게 누구죠? 이건 내가 아냐! 오, 하느님! 그림도 그림자도 내 아이를 위해선 안 돼요!”

그녀가 소리쳤다. 그리고 거울을 떨어뜨리고 메마른 손을 얼굴 위로 가져갔다.

그때 그녀의 귀에 울음소리가 들렸다. 아무것도 모른 채 요람 안에 누워서 자고 있는 그녀의 아이가 아니었다. 네지가 눈치채지 못하게 안으로 살금살금 들어왔던 것이다. 방 한가운데에 서서 훌쩍이며 입술을 깨물고 침울한 눈으로 새어머니를 보고 있었다.

이네스가 아이를 알아보았다.

"네지, 울고 있구나?"

그러나 아이는 대답하지 않았다.

"왜 우는 거니, 네지?"

그녀가 격하게 반복했다.

아이의 얼굴 표정은 더 어두워졌다.

"우리 엄마 때문에!"

작은 입에서 거의 반항적으로 튀어나왔다.

환자는 한순간 주춤했다. 하지만 그런 다음 침대에서 팔을 뻗었다. 그리고 아이가 자기도 모르는 사이에 다가오자, 아이를 자기 품으로 격렬하게 끌어안았다.

"오, 네지, 네 엄마를 잊지 말아라!"

그러자 작은 두 팔이 그녀의 목을 휘감고, 오직 그녀만 알아들을 수 있게 부끄러운 듯 속삭였다.

"사랑하는, 예쁜 우리 엄마!"

"내가 사랑하는 네 엄마니, 네지?"

네지는 대답하지 않았다. 그저 베개에다 대고 고개만 열심

히 끄덕였다.

"그럼, 네지. 나도 잊지 말아다오! 아, 난 쉽게 잊혀지고 싶지 않아!"

친밀하고 기쁨에 넘쳐 속삭이듯 환자가 아이에게 말했다.

루돌프는 꼼짝도 하지 않고 감히 방해할 수 없는 이 과정을 지켜보았다. 극단적인 두려움과 화해가 어우러지는 가운데 두려움이 우세했다. 이네스는 베개에 다시 쓰러졌고, 더 이상 말을 하지 않았다. 그녀는 잠 속으로 빠졌다.

조용히 침대에서 물러난 네지는 여동생이 있는 요람 앞에 무릎을 꿇었다. 감탄으로 가득 차서 베개 위로 내민 그 조그마한 손을 쳐다보았다. 또 그 붉고 작은 얼굴을 찡그리고 어색한 사람의 목소리가 터져나올 때면, 바라보는 사람들의 눈은 사랑스러움으로 빛나고 있었다. 조용히 다가선 루돌프는 사랑스러운 듯 네지의 머리를 쓰다듬으며 손을 올려놓았다. 네지는 고개를 돌리고 아버지의 다른 손에 입을 맞추었다. 그런 다음 그들은 다시 아기를 들여다보았다.

시간은 흘러 바깥에서는 정오의 햇볕이 빛나고 있었다. 창가의 커튼은 더 단단히 닫혀 있었다. 벌써 오랫동안 그는 사랑하는 아내의 침대가에 어슴푸레한 기대를 안고 다시 앉아 있었다. 상념과 그림이 떠올랐다가 사라지곤 했다. 그는 그것들을 쳐다보지 않았다. 오게 내버려 두었고, 가게 내버려 두었다. 예전에도 지금처럼 그랬었다. 섬뜩한 느낌이 그를 사로 잡았다. 그에게는 마치 전에 있었던 일이 반복하여 일어나는 것 같았다. 메마른 가지로 집 전체를 뒤덮는 검은 관이 싹트는 것을 또다시 보았다. 두려움에 가득 차서 아픈 사람 쪽을 보았다. 그러나 그녀는 평화로운 얼굴로 잠을 자고 있었다. 가녀린 호흡에도 가슴이 부풀어 올랐다. 창문 아래 만발한 라일락나무에 작은 새 한 마리가 계속해서 노래를 하고 있었다. 그는 그 소리를 듣지 못했다. 그는 지금 자신을 휘감으려 하는 믿을 수 없는 희망을 쫓아내려 애쓰고 있었다.

오후에 의사가 왔다. 그는 잠자고 있는 환자 위로 몸을 굽혀보고 따뜻하고 축축한 환자의 손을 쥐었다. 루돌프는 놀라는 표정이 담긴 친구의 얼굴을 긴장해서 쳐다보았다.

"내 걱정은 말게! 있는 그대로 말해 주게!"

그가 말했다.

그러자 의사는 그의 손을 꽉 쥐었다.

"살아났네!"

그에게는 그 한 마디만 들렸다. 갑자기 새의 노랫소리가 들렸다. 지금까지 살아온 날들이 영화처럼 스쳐 지나갔다. 그는 지독한 그 밤에 그녀 역시 떠날 거라고 포기했던 것이다. 격렬하게 진동하는 아침에 그녀가 죽을 것이라고 믿었었다.

하지만

그녀는 치유되었고,

위로 뚫고 나오네!

시인의 이 말 안에 그는 자신의 모든 행복을 표현했다. 음악처럼 그의 귓가에 끊임없이 울렸다.

병자는 여전히 자고 있었다. 그는 아직도 그녀의 침대가에 기다리며 앉아 있었다. 밤의 램프만이 고요한 방을 희미하게 비추고 있었다. 바깥 정원에서는 새의 노랫소리 대신 이제 밤바람 스치는 소리가 들렸다. 가끔 하프 음처럼 왔다가 다시 사라졌다. 어린 가지가 조용히 창을 두드렸다.

"이네스! 이네스!"

그가 속삭였다. 그녀의 이름을 소리 내어 부르지 않을 수 없었다.

그러자 그녀가 눈을 뜨고 흔들림 없이 오랫동안 그의 눈을 바라보았다. 마치 잠의 심연에서 자신의 영혼을 그의 높이까지 끌어올려야만 하는 것처럼.

"당신, 루돌프? 그리고 내가 다시 한 번 더 깨어났군요!"

마침내 그녀가 말을 하였다.

그는 그녀에게서 눈을 떼지 못했다.

"이네스, 나 여기 앉아 있소. 그리고 벌써 몇 시간째 무거운 짐처럼 내 머리 위에 행복을 얹고 있다오. 내가 그것을 계속 얹고 있게 도와주시오, 이네스!"

그는 겸허한 목소리로 말했다.

"루돌프!"

그녀는 힘있는 동작으로 몸을 곧추세웠다.

"당신 살아난 거요, 이네스!"

"누가 그래요?"

"당신 의사, 내 친구가……. 그 친구가 잘못 판단하지 않았다는 걸 알고 있소."

"산다니! 오 하느님! 살아난다고! 내 아이를 위해, 당신을 위해!"

마치 그녀한테 갑자기 어떤 기억이 떠오른 것처럼, 그녀는 손으로 남편의 목을 감싸고 그의 귀를 자신의 입으로 눌렀다.

"그리고 당신들의, 우리의 네지를 위해서!"

그런 다음 그의 목을 풀어 주었다. 그의 두 손을 잡은 채 그녀는 부드럽고 애정에 가득 차 그에게 말했다.

"이렇게 가벼울 수가 없어요. 예전엔 왜 그렇게 모든 게 그렇게 무거웠던지 정말 알 수가 없어요!"

그러면서 그에게 고개를 끄덕여 보였다.

"루돌프, 당신은 그저 보기만 하면 돼요. 이제 좋은 시절이 올 거예요! 하지만……."

그리고 그녀는 고개를 들고 눈을 그의 눈에 바짝 가져갔다.

"당신의 과거도 함께여야 해요. 당신의 모든 행복했던 순간을 내게 들려주셔야 돼요! 그리고 루돌프, 우리 모두와 관계 있는 사랑스런 그녀의 그림은 당신 방에 그대로 둬요. 당신이 내게 들려줄 때 그녀도 함께 있어야 해요!"

그는 그녀를 마치 성인처럼 쳐다보았다.

"그래요, 이네스! 그녀도 그곳에 있어야 해!"

"그리고 당신한테 들은 것을 내가 네지에게 그애 어머니에 대해 들려줄 거예요. 그애 나이에 맞는 것을요. 루돌프, 그런 것만이……."

그는 말없이 그저 고개만 끄덕일 뿐이었다.

"네지는 어디 있어요? 그애에게 잘 자라고 인사하고 싶어요!"

그런 다음 그녀가 물었다.

"네지는 자고 있어, 이네스! 벌써 한밤중인걸!"

그가 말하고 손으로 부드럽게 그녀의 이마를 쓰다듬었다.

"한밤중이라고요? 그럼 당신도 이제 자야 해요! 하지만 나는……. 웃지 말아요. 루돌프, 배가 고픈걸요. 뭘 좀 먹어야 되겠어요! 그런 다음엔 침대 앞에 있는 요람을 아주 가까이 옮겨 주세요. 루돌프! 그런 다음엔 다시 잘게요. 나도 느낄 수 있어요, 분명히. 당신, 정말 안심하고 가서 주무셔도 돼요."

그는 여전히 머물러 있었다.

"우선 기쁨을 맛보아야겠소!"

그가 말했다.

"기쁨이라뇨?"

"이네스, 완전히 새로운 기쁨, 당신이 먹는 모습을 보고 싶어!"

그는 그녀가 먹는 모습을 지켜본 뒤 시중을 드는 하녀와 함께 요람을 침대 앞으로 옮겨 왔다.

"그럼 이제 잘 자요! 마치 다시 한 번 더 우리 결혼식 전날 밤처럼 잠들어야만 할 것 같아요."

그녀는 행복하게 미소를 지으며 그녀의 아이를 가리켰다.

그리고 곧 모든 것이 조용했다. 그날 밤 검은 사자(死者)의 나무는 지붕 위로 그 가지를 뻗지 않았다. 멀리 이삭이 여문 황금빛 들녘에서 기분 좋은 잠에 빠진 붉은 양귀비가 부드럽게 고개를 끄덕이고 있었다. 또 한 번의 풍작이 기다리고 있었다.

그리고 다시 장미의 계절이 왔다. 커다란 정원의 넓은 오솔길에서 재미있는 길동무들이 서 있었다. 네로가 맨 앞에 서 있었는데, 인형 마차가 아니라 진짜 유모차 앞에서 마구를 얹고 있었다. 네지가 개의 커다란 머리에 막 마지막 이음쇠를

맬 때까지 잠자코 참을성 있게 서 있었다. 늙은 안네는 아직 이름이 없는 아기가 커다란 눈을 뜬 채 누워 있는 작은 유모차의 차양으로 몸을 굽히고는 베개를 바로잡아 주었다. 그러자 네지가 소리를 질렀다.

"이랴, 이랴, 네로!"

그러자 그 작은 행렬은 위엄에 찬 걸음으로 익숙한 산책길에 올랐다.

루돌프의 팔에 기대고 있는 이네스는 미소를 띠고 바라보고 있었다. 그리고 그들도 길을 걸어갔다. 옆쪽 정원 벽을 따라서 덤불을 뚫고 길이 나 있었다. 그리고 곧 굳게 잠겨 있는 문 앞에 그들이 섰다. 관목이 이전처럼 그렇게 아래로 늘어져 있지는 않았다. 그늘진 가로수 길처럼 안으로 따라 들어갈 수 있도록 그 아래에 대가 설치되어 있었다. 한순간 그들은 아직 방해받지 않는 건너편의 적막함 속에 자주 나타나는 새들의 다양한 노랫소리를 듣고 있었다. 하지만 그런 다음 이네스의 작고 힘찬 손에 밀려 열쇠가 돌아갔고, 삐걱거리며 빗장이 뒤로 튕겨 나갔다. 안에서 새들이 수선스럽게 소리를 내며 날아오르는 것을 들었다. 그런 다음엔 모든 것이 정적이었다. 손바닥 한 뼘 정도 너비로 문이 열려 있었다. 그러나 문은 안쪽에서 무성한 덩굴로 그물처럼 얽혀 있었다. 이네스는 온 힘을 써보았다. 그 너머에서 바스락거리고 탁탁거리는 소리가 났지만 문은 여전히 움직이지 않고 있었다.

"당신이 해야겠어요!"

마침내 그녀가 미소를 띤 채 쳐다보면서 말했다.

그가 문을 활짝 열어젖혔다. 그런 다음 쓰러진 덤불을 조심스럽게 양쪽으로 모아 두었다.

그들 앞에는 작은 자갈길이 햇빛을 받아 빛나고 있었다. 그러나 조용히, 마치 아직도 달밤인 것처럼 그들은 녹색 송백 사이로 나아갔다. 수백 송이 장미가 무성한 잡초들 속에서 두드러져 빛나고 있었다. 장미 숲을 지나 클레마티스가 정원 의자 전부를 거미줄처럼 감싸고 있는 허물어진 등나무 지붕 아래에 도착했다. 안에서는 작년 여름처럼 제비가 둥지를 틀고 그들 위로 들락날락 날아다니고 있었다.

그들은 서로 말하지 않았지만 이곳이 신성한 고향이라고 생각하고 있었다. 그들은 말없이 꽃향기 속에서 곤충들이 내는 윙윙거림을 그저 듣고만 있었다. 이미 수년 전에도 루돌프는 그 소리를 지금과 같이 들었었다. 늘 그랬다. 사람들은 죽는다. 그럼에도 이 작은 음악가들은 영원할까?

"루돌프, 이제야 알아냈어요! 내 이름 첫 번째 철자를 맨 끝에 붙여 보세요! 그럼 어떻게 되죠?"

이네스가 먼저 시작했다.

"네지! 멋지게 들어맞는군."

그가 웃으며 말했다.

"보세요! 그렇게 네지는 원래 내 이름을 갖고 있잖아요. 그러니 내 아이가 그애 어머니의 이름을 갖는 게 당연하지 않겠어요? 마리! 정말 착하고 부드럽게 들리잖아요. 아이들이 어떤 이름으로 불리는가도 중요한 일이에요!"

그는 한순간 침묵했다.

"이런 일로 장난하지 맙시다! 아니오, 이네스, 사랑하는 내 아이의 얼굴이 그녀의 그림과 겹쳐서는 안 될 것이오. 마리도 안 되고, 또 당신 어머니가 바라시는 대로 아이는 이네스라고 불려서도 안 되오! 이네스 역시 내게 있어선 하나뿐이고 세상에 결코 두 번 다시 없을 것이오."

그는 그녀의 눈을 친밀하게 들여다보면서 덧붙였다.

"당신, 고집 센 남편을 가졌다고 이제 내게 말할 셈이오?"

"아니에요, 루돌프. 그저 당신이 네지의 진짜 아버지라고만 말할게요!"

"그럼 당신은, 이네스?"

"기다려 보세요. 그럼 곧 진짜 당신 아내가 될 테니까요! 하지만……."

"하지만 또 뭐요?"

"나쁜 건 아니에요, 루돌프! 하지만……. 만약 언젠가 시간이 다 되어서……. 왜냐하면 언젠가는 그래도 끝이 나기 마련이니까요. 우리 모두가 당신은 믿지 않는 그곳에 가게 된다면, 하지만 어쩌면 그래도 희망이 있지 않을까요? 그녀가 우리보다 앞서간 곳으로 가게 되면……."

그리고 그녀는 그를 향해 몸을 치켜들고 두 손으로 그의 목을 감쌌다.

"나를 뿌리치지 말아요, 루돌프! 시도도 하지 말아요. 그래도 난 당신한테서 안 떨어질 거니까!"

그는 그녀를 품에 꼭 끌어안고 말했다.

"우선 제일 쉬운 일부터 하도록 합시다. 그게 자신과 다른 사람에게 가르쳐 줄 수 있는 최선 아니겠소."

"그게 뭐죠?"

"사는 거요, 이네스. 우리가 할 수 있는 한 가장 아름답고 오랫동안!"

그때 그들은 문 쪽에서 아이들의 목소리를 들었다. 아직은 말이 아닌, 옹알이에 불과한 어린아이 소리, 그리고 네지의 힘차고 밝은 목소리였다.

"이랴! 끼랴!"

그리고 충직한 네로의 협조와 늙은 하녀의 보호 속에서 집 안의 밝은 미래가 과거의 정원으로 발을 들여놓고 있었다.

테오도르 슈토름과 작품 해설

테오도르 슈토름(Theodor Storm, 1817~1888)은 독일 북부 슐레스비히 홀슈타인 주 후줌(Husum) 태생으로 키일 대학과 베를린 대학에서 법학을 전공하고 변호사가 되었다. 학창시절에 괴테, 하이네, 아이헨도르프, 뫼리케 등의 세계에 접하여 문학과 밀접한 관계를 맺었다. 고향이 덴마크령에 귀속되었을 때 변호사 자격을 일시 박탈당하기도 했다.

사촌 여동생 콘스탄츠와 결혼하였으나 집안일을 돌보며 같이 살던 처녀 도로테아 옌슨과의 관계로 인해 결혼생활에 위기를 맞게 된다. 그러나 도로테아가 고향을 떠남으로써 문제가 해결된다. 아내 콘스탄츠가 일곱 번째 아이를 낳다가 죽자 도로테아와 재혼하였다.

낭만주의에서 출발한 그의 초기 작품들은 항구 도시인 후줌에 뿌리를 둔 향토적인 특색을 지니고 있는데 500여 편의 시와 50여 편의 단편 소설과 동화가 있다.

그는 1880년에 관직에서 물러나 문학 창작에 몰두하였다. 말년의 작품들은 강력한 의식의 세계를 상대하며, 뚜렷한 인물의 성격, 갈등, 종교, 사회의 투쟁 등 현실 문제를 주로 다루고 있다.

마지막 작품 ≪백마의 기수 *Der Schimmelreiter*≫(1888년)는 초기의 감상적인 경향을 탈피하고 웅장한 자연 묘사와 신념을 가진 주인공의 성격을 부각시킨 신비스러운 대작을 완성하고 있다.

대표 작품으로는 〈늦장미 *Spate Rosen*〉, 〈임멘 호수 *Immensee*〉, 〈대학시절 *Auf der Universitat*〉, 〈삼색 제비꽃 *Viola Tricolor*〉 등이 있는데 전 세계의 독일어를 공부하는 학도들에겐 대표적인 텍스트로 채택되고 있다. 그는 주옥같은 단편 소설과 수많은 서정시와 동화를 남겼지만 정작 시인으로 인정받기를 더 원했다.

〈임멘 호수 *Immensee*〉

고독한 노인 라인하르트가 유년시절에 사랑했던 엘리자베스를 회상하는 형식의 〈임멘 호수〉는 테오도르 슈토름의 초기 소설의 전형을 보여 주는 작품이다.

이 작품은 대중적으로 가장 큰 성공을 거두어 작가 생전에 이미 베스트셀러로 30판 이상 출간되었으며, 우리 나라에서도 독일어를 공부하는 학생들에게 텍스트로 많이 쓰이기도 한 책이다.

이 작품은 산문으로 풀어쓴 시와 같은 구성을 띠고 있다. 연의 기능을 하는 각 장들은 최소한으로 절제된 줄거리를 담고 있는 시적인 정서를 담은 상징들로 구성되어 있다. 잇따라 연결된 모티브와 상징적인 비유는 내적으로 굳건한 관계를 가지고 있다. 숲에서 딸기를 찾던 아이들은 길을 잃고 헤매다가 돌아온다. 홍방울새의 죽음과 에리히의 선물인 카나리아, 대학시절 집시 소녀와의 만남, 임멘 호수 농장에서 만나는 떠돌이 집시 소녀.

이 소설의 중심 소재는 임멘 호수에 떠있는 도달할 수 없는 수련이다. 손에 닿을 듯 가까이 있지만 결코 손에 넣을 수 없는 행복과 아름답고 예술적인 것을 추구하는 라인하르트의 현실에서의 실패를 상징한다. 사라져 버린 청춘에 대한 허무함이 작품 전체에 감상적이며 시적인 언어로 잔잔하게 흐르고 있다.

슈토름 자신은 하르트무트 브링크만(Hartmuth Brinkmann)에게 보낸 1852년 6월 2일자 편지에서 〈임멘 호수〉를 두고 '순진한 사랑의 이야기이며 전적으로 사랑의 향기와 분위기로 가득 차 있다'고 고백하고 있으나, 많은 비평가들은 이 작품을 청순하고 아름다운 사랑을 토대로 한 밝은 분위기보다는 체념과 무상, 죽음과 같은 음울한 분위기로 가득 채워져 있다고 보고 있다.

동경과 꿈, 환상에 가득 찬, 그러나 소극적인 인물 라인하르트와 유능하고 활력이 넘치고 출세지향적인 에리히는 예술과 현실 사이의 대립을 나타낸다고 해석하고 있다.

작가는 엘리자베스가 라인하르트 대신 에리히를 선택하게 된 배경에 대해서는 충분한 논리적 설명을 하지 않고 있고 여러 가지 상징들을 통해 불명료하게 나타내고 있다. 홍방울새와 카나리아의 대치, 새장에 천을 덮어놓은 엘리자베스 어머니의 태도와 라인하르트가 수집한 노래 '어머니가 그러길 원했어요', 호숫가로 산책 가서 딸기를 찾던 옛날을 회상하며 딸기철이 다시 올 거라고 믿는 라인하르트와 고개를 젓는 엘리자베스 그리고 '저 푸른 산 너머에 있던 우리들의 청춘이 지금은 어디에 있는가' 라고 묻는 라인하르트를 통해 청춘과 사랑은 다시 돌아올 수 없으며 잔잔한 임멘 호수 위에 떠있는 수련과 같은 것이라고 암시하고 있다.

'사랑에 대한 동경' 과 '이루어지지 못한 사랑' 을 담고 있는 노벨레 〈임멘 호수〉는 〈백마의 기사〉와 함께 슈토름 작품 중 가장 많이 애독되고 있는 작품이다.

〈대학시절 *Auf der Universität*〉

슈토름은 대학시절 사모하는 여인에게 순수하고 플라토닉한 사랑을 바치면서 성적 욕구는 낮은 계급 처녀들에게서 만족을 찾으며 방황하는 전형적인 시민계급으로 행동한다. 이 태도는 집안일을 도와주던 도리스 옌슨과 부적절한 관계를 가졌던 작가의 결혼생활에서도 그대로 드러난다.

대학생활은 처음에 작가에게 부정적인 영향을 미친다. 작가는 대학생들을 술이나 마시고 소녀들을 데리고 싸움을 일삼는 대학생들과 학문에 전념함으로써 다른 문제들을 잊고자 하는 대학생들, 이 두 부류로 나누고 있다. 자신들과 사회적 계급이 비슷한 여성들과의 성적인 교류는 사실상 금지되어 있었기에 대학생들은 성적인 욕구의 만족을 술집 악사들이나 가수들에게서 찾으려 했다. 이 비판적인 태도가 잘 드러나 있는 작품이 〈임멘 호수〉와 〈대학시절〉이다.

〈대학시절〉은 이민 온 프랑스 재단사의 딸 로레 보르가르가 지방 소도시에서 성장하고 어느 대학도시로 이주한 다음 귀족 대학생과의 연애 후 자살하는 내용을 담고 있다. 소설은 모든 사람은 유복하고 아름다운 생존을 향한 타고난 욕구를 지니고 있다는데 기초하고 있다.

그러나 문제는 이 욕구가 현재 속한 사회 안에서 채워지느냐 하는데 있다. 사교춤 교습소의 임시 파트너로 잠시 맛본 소도시 귀족과 유지들의 삶, 아버지가 들려주는 베르사이유 궁정생활 보고로 인해 로레는 높은 사회계층의 생활방식을 추구해야 할 삶으로 동일시한다.

그러나 그녀는 자신의 운명과 새로운 세계를 향해 노력해야 하는 두려움과 함께 자신과 같은 계급에 속한 여인들의 생활방식에 대한 실망감 속에서 방황한다. 침모로서 부잣집과 대학생들의 매력적인 삶을 엿본다. 그런 경험은 수공업자의 아내로 살게 될 삶을 더 낯설게 하고 있다. 다른 도시로 떠난 약혼자에게서 소식이 없는 동안, 어느 귀족 대학생의 제물이 되고 만다.

그녀의 자살 동기는 작품 속에서 여러 가지로 유추해 볼 수 있다. 임신을 했거나 추문에 대한 두려움, 귀족 애인을 잃는 슬픔과 전도가 유망한 수공업자의 아내가 될 모든 희망을 망쳐 버린 데 대한 회의……

화자인 필립은 〈임멘 호수〉의 라인하르트와 마찬가지로 자신만의 세계에 빠져 사랑을 쟁취하지 못하고 있다. 물레방앗간 호수에서 로레의 썰매를 멀리 밀고 갈 때, 투명한 얼음판 아래로 보이는 물풀을 보며 얼음판이 부서지기를 바란다. 하지만 동시에 그에 대한 두려움도 지니고 있다. 이 두려움은 당시 시민 교양계급의 붕괴에 대한 작가의 두려움이기도 하다.

⟨삼색 제비꽃 *Viola Tricolor*⟩

삼색 제비꽃은 독일어로 슈티프뮈터헨(Stiefmtterchen)이라
고 하는데, 계모나 시어머니, 장모를 뜻하며, 신의와 동시에
질투를 상징한다.

작가 테오도르 슈토름의 첫 번째 아내 콘스탄츠가 일곱 번
째 아이를 출산하다가 죽자, 예전에 한 집에서 살았던 도로테
아를 두 번째 아내로 맞는다. 전처의 여섯 아이들을 거두어
키우며 그녀가 겪는 정신적 어려움과 그것을 애정으로 승화
시키는 과정, 작가가 남편과 아버지로서 겪은 영혼의 갈등을
문학으로 형상화한 작품이다.

슈토름은 폰타네에게 보낸 1868년 5월 25일자 편지에서
'자기 만족을 위한 내적인 필요에서' 이 작품을 썼다고 밝히
고 있다.

작가는 자신의 경제적인 어려움, 우울증과 전처가 남긴 여
섯 아이들과 도로테아 자신의 아이들이 주는 어려움을 훨씬
축소하거나 미화하였다. 시적으로 변용된 현실만이 남아 있
고, 재혼의 문제점이 멜로 드라마적으로 해결되고 있다.

작품 속에 나타난 현실은 허구이며 예술적인 구성이고, 감
상주의와 숭고함이 심리적인 세심함이나 사실적인 현실감보
다 더 중요하다.

　화목함과 조화를 되찾은 행복한 결말로 마무리되고 있는
이 작품은 그러나 남편인 루돌프가 죽은 아내 마리에 대한 병
적인 집착을 극복할 수 있는지, 두 번째 아내의 어려운 상황
을 제대로 인식하며 그녀의 욕구를 딸의 그것처럼 이해심을
가지고 대하고 있는가라는 문제가 제기될 수 있다.

번역 텍스트 :　Theodor Storm, Samtliche Werke 4 Bd.
　　　　　　　　Hrsg. Karl Ernst Laage
　　　　　　　　Deutsche. Klassiker Verlag, Frankfurt
　　　　　　　　am Main 1984